くもりのち風

伊東忠一

くもりのち風

伊東忠一

この物語はフィクションであり、実在の人物・団体などとは一切関係ありません。

1

くもり空である。梅雨《つゆ》どきの降り続いた雨もきょうはあがったが、うすぐもりで日差しはない。きょうは七月一日。一年に一度の昇進の辞令交付日だ。木村修二も、一週間ほど前に渡辺部長から「今年は主任にする」との内示を受けていた。そのとき、

「おれもやっと主任になれるのか」

と思った。

木村は中途入社である。木村が勤務している老舗《しにせ》住宅メーカーである住建興業株式会社では、不況期に社員の採用を手控えたために、その後の景気回復期に人材不足に陥った。それを補うために、ある年の秋に約三十名の中途入社の社員をまとめて採用した。そのうちの半分ぐらいは技術系の社員で、残りの半分は営業職と事務系の社員である。中途採用であるため、年齢はややばらついている。木村は技術社員であるが、そのときに入社した同じ技術社員の秋山と佐々木は木村と同年令である。

みんなの前職はいろいろだった。技術社員は全員が建築や住宅関係の経験者であり、木村は所員十名程度の設計事務所に、秋山はそこそこの規模の建設会社、佐々木は住宅建材メーカーに勤務していた。一方、営業職は住宅の営業経験者は一人だけで、その他は食品

会社や事務機メーカーなどで営業をやっていたという者がほとんどであった。そして事務係には、他業種ではあるが経理や人事・総務の経験者が多かった。

四月入社の新卒社員の場合は一ヶ月間の研修期間があるのだが、十月入社の彼ら中途入社の社員のためにも一週間の研修が行われた。初日に全員での研修を行い、二日目からは職種別の研修となった。内容がかなり濃密で、みんなにとってけっこうハードな研修であったようだ。最終日の金曜の夕方、会社が飲み物や料理を用意し、大会議室で全職種一緒に研修の打ち上げが行われた。木村たち三人もそのときに一緒に研修を受けた仲間であり、新卒ではないが全くの同期である。研修が終わり、木村は本社技術部に、秋山は東京支店、佐々木は横浜支店に配属された。そして、彼らもことし主任になるのであった。

木村たちが入社したときには、年下であってもすでに主任になっている者もいた。住建興業には新卒で入社した者たちだ。木村は、「やっとそいつらに追いついたか」と思っていると、そんなに簡単にはいかない。そのうちの何人かは、ことし係長に昇進する。東京支店から転勤して来ていま同じ技術部にいる秋山に向かって、

「中途入社っていうのは、こんなものかな」

と言ってみた。秋山はただうなずいていた。秋山は前の建設会社を辞めたとき、その会社で主任だった。だから、住建興業に入って「やっと主任になった」という思いは木村より

も強いかもしれない。

「まあ仕方ないか。渡辺部長だって中途入社だそうだ。それが多くの先輩や年長者を追い抜いて部長になった。おれたちだって、部長はわからないけどある程度までは行けるはずだ。そう思ってまあ気楽にがんばっていこう」

そんなふうに木村は考えていた。


大会議室で他の部課の者たちと一緒に辞令を受け取った木村は、席に戻ると辞令をよく見て「うん！」と小さくつぶやいて、それをバッグに仕舞った。そして、ひとまず、

「茶でもいれるか」

と思い、給湯室に向かった。そこでは同じ技術部の女子社員が洗い物をしていた。木村が入っていくと、少し手を止めて聞いてくる。

「木村さん、お茶ですか」

「うん、まあ」

「入れましょうか」

「まあ、いいよ。自分でやるから」

「そう。でも、もう主任なんですから」

と言いながら洗い物を続けている。木村は主任と言われてちょっと笑い顔になったが、自分で茶を入れてその場で一口飲むと、窓のところに小さな鉢植えの花が置いてあるのに気がついた。いつもはあまり飾り気がないのにと思いながら言う。

「なに、これ」

「それ、うちの近くでバーゲンやってたんで買ってきたんですよ。きれいでしょ」

「造花か、これ」

「造花だけど、きれいじゃないですか」

「まあ、きれいには違いないけどね」

「違いないけど、なんですか」

少し不満そうだ。せっかく買ってきたのに、というような顔をしている。

「こういう物より、君の方がずっときれいだよ」

やさしく言うと、

「エー、ヤダー、冗談ばっかり」

と笑っている。

「まあ、冗談だけどさ」

「エー、ヤダー、冗談なんですか」

今度はかなり不満そうだ。

「半分は冗談だけど、半分はほんとだよ」

「エー、ヤダー、どうしよう」

と顔を紅潮させて、うれしそうだ。

この娘は、どう言われても「エー、ヤダー」である。それにしても、こんな話をしているのだからのん気な職場だ。


次の日、会社に行ってみても、主任になったからといって特に変わったこともない。一応それなりの自覚は持つものの、これまでどおりに仕事を続けていた。特に責任が重くなるわけでもないか、と思って油断していると、午後一番に部長に呼ばれた。全国の主要な支店を回れ、と言う。部長の指示はこうだ。住建興業の技術社員たちは、木村の専門である建築構造や構造設計にはあまり明るくない。そのため、支店に出向いて研修をして来い、というわけだ。

事情は次のとおりである。どんな業種にもそれぞれの専門があるように、建築にもいろいろな分野がある。建築の設計だけとってみても、大きく三つに分かれる。意匠設計、構造設計、設備設計の三つだ。意匠設計というのはデザインのことで、建物の間取りを決めたり外観のデザインをしたりする設計であって、これを狭い意味の建築設計と呼ぶ者もいる。家やビルなどを建てようとする人は、この意匠設計者と直接のやり取りをすることになる。一般の人にとっては、一番なじみのある設計者だ。

また、木村の専門である構造設計とは、建物の強度計算や耐震設計などを行うものである。建物にはいろいろな強度上の性能が要求され、床に重い物が載っても床が落ちないように、屋根に大量の雪が積もってもつぶれないようにしなければならないし、台風や地震のときに建物が飛ばされたりくずれたりしてはいけない。そのための設計で、専門の知識や技術が必要である。

そして、設備設計は建物に使われている各種の建築設備のための設計で、給排水の設備や電気設備、ガス設備その他の設備のそれぞれに専門の設計者がいる。

ひとつの建物は、これらの三つの設計が総合的に組み合わされて設計される。すなわち、何人かの設計者の共同設計ということになる。ひとりで全ての設計ができるのは、戸建住宅などの小規模な建物に限られる。その場合でも、他の専門設計者にアドバイスを求めたりすることもある。

住建興業は住宅メーカーであることもあり、技術者は圧倒的に意匠設計者が多い。構造設計を専門にしているのは、住建興業では木村ひとりであるし、設備設計の専門家は給排水設備に一人と電気設備に一人しかいない。

いくらデザインの設計が得意であっても建築構造や設備の専門知識が不足していると、設計や工事の指導・監督でとんでもない間違いをやってしまいかねない。そのために、社内研修によって彼らに最低限の専門技術を修得してもらおうというのが、部長の意図である。そして、木村にその講師をやれというのだ。ただ、講師といっても別に偉いわけではない。その分野での経験がある程度豊富だというだけのことだ。木村だってデザインの設計はできるが、あまり実績もないから得意とは言えないし、建築設備の設計となると全くやったことがない。

住建興業では、毎年、全ての技術社員を対象にして社内研修を行っている。講師は本社の部長や課長がやるのだが、木村もそのための資料を作ったり、研修会で補助的に説明をしたこともある。しかし、今回は木村が主体的にやらなければならない。うまくできるんだろうか、と少し不安にもなったが、まあなんとかなるだろうと思った。というよりも、きちんとやってやろうと思った。そして、今やっている仕事を早めにまとめてから、研修の内容について部長に相談に行った。部長は大まかな指示をしただけで、あとは任せるからということだった。

木村としてはやりたいことはいろいろあるし、ネタもそれなりにある。しかし、一方的な研修であってはならないし、時間とカネをかけてやるのだから、ある程度の成果は出さなければならない。木村もいろいろな団体の講習を受けることがあるが、自分の専門分野の講習なのにどうしても眠くなる。まして、社内研修で専門外の不得意な内容の研修を受けるとなると、聞いている方は途中であくびが出ることも容易に想像できる。かと言って、漫才や落語みたいな研修はやりたくないし、木村にはできそうもない。興味を持ってもらえる内容で、実際の役に立つものでなければならないので、「トラブルの事例と予防法、起こった場合の対処法」というテーマにした。これで部長の了承が得られたので、さっそく資料作りに入った。

研修の資料はみんなにとってのテキストであると同時に、話をする側の原稿でもある。だから、両方の立場になって作らなければならない。そして、全体の構成と細部の要素を取りまとめながら作っていく必要がある。そのためには先ず「トラブルの事例」をたくさん集めなければならない。しかし、木村はこれまで自分の経験としてトラブルに行き当たったことはあまりない。だから、手段としては文献に当たるしかないかな、と思った。そこで、大手書店の建築コーナーを探してみて、参考になりそうな本が一冊あったのでそれを手に入れた。それだけでは不十分なので、建築図書館に行って見つけた何冊かの文献の該当する個所をコピーして来た。

　次の日から数日かけて文献を読んでみた。いろいろなトラブルがあって、なるほどと思った。中には、そんな間違いをするヤツが本当にいるのか、と思うような例も載っている。そうして、「トラブルの事例」の数はある程度集まったが、研修でそれを羅列するだけではみんなは眠くなるだろうと思った。何とか生きた事例の工夫をしなければならない。

多分みんなは眠くなるだろうと思った。

　そう考えて、その日も朝から文献を読みながら下書き作りに集中していた。気がつくと十二時直前である。

「ふうう、めしか。きょうはどこ行くかな」

　普段昼めしを食いに行く店を三つほど思い浮かべながら考えていると、珍しく秋山が声を掛けてきた。

「木村。たまにはいっしょにめし行くか」

　木村は、たまにはそれもいいと思い、

「うん、そうだな」

　とすぐに同意した。そして、机の上を簡単にかたづけていっしょに外に出た。

「どこ行くか」

　秋山が聞くが、木村にはどこという考えもないので、

「どこでもいいよ」

と答えると、秋山は即座に言う。

「それじゃ、『井上』にでも行くか」

それにも簡単に同意して、

「そうするか」と答える。

会社から五分ほどの所にある和定食屋の井上食堂に向かってぶらぶら歩いて行くと、秋山が言う。

「あの店の名前は、おもしろい名前だよな」

「何が」

と聞くと、秋山は自分の胃袋のあたりを押さえながら、

「井上食堂だよ。胃の上は食道だろ」

「胃の上、食道か。ダジャレみたいな名前だな」

食堂に着くと、ちょっと混んでいる。二人座れる所がないので少し待っていると、カウンター席が二つ空いたので、そこに並んで座った。木村が、

「何にするかな」

と言うと、秋山は素早く決断する。

「おれは、てんぷら定食だな」

木村はちょっと考えてから、焼魚定食に決めて注文した。定食ができるのを待ちながら、秋山が聞いてくる。

「どうだ、研修の準備は」

「まあなんとか進んでるよ。でも、トラブルのいい事例がなかなか集まらなくてな。文献なんかを参考にしてるんだけど、どうも教科書的で面白味がないんだよ。おれもトラブルの経験があんまりないもんだから」

「おう、トラブルの事ならおれに任せとけよ。経験豊富だよ。特に前の建設会社にいたときは、四、五日に一回ぐらいはトラブルがあったからな」

「そうか。それじゃ、いろいろ教えてくれよ」

それから三日後、秋山がトラブルのメモ書きを作ってくれた。話を聞いてみると、なるほど面白い。なかには、笑っていいんだか怒るべきなのかわからないような例もある。これらをどうやって解決したのかも秋山が説明してくれた。こういうのを生きた事例と言うんだろうと思った。そして、文献の内容と秋山の経験を合わせれば、みんなにとって興味のある事例集になるに違いない。それから二週間ほどかけてテキストをまとめることができた。秋山のおかげだ。これならば充実した研修ができそうだ。

2

個人オーナーの賃貸マンションの工事を東京支店が受注した。３ＤＫのファミリータイプの住戸が十八戸の鉄筋コンクリート四階建てのマンションだ。設計も住建興業が行う。ただ、基本的な設計は社内で行うが、実務上の設計は協力事務所に外注する。構造設計は協力事務所のひとつである早田実建築設計事務所に注文することになった。これらの外注事務所とのやり取りは、原則として各支店の技術担当者が行うのであるが、住建興業では各支店に建築構造に詳しい者を配置していない。そのため、東京近辺にある各支店では、受注物件の構造設計は本社にいる木村が窓口になっている。

約束の時間よりも五分ほど前に早田はやって来た。建築構造設計専業の早田実建築設計事務所は、ＪＲの秋葉原駅から歩いて十五分ほどの所にある小さなテナントビルの一室を借りて業務を行っている。自分の名前をフルネームで設計事務所の名前にするのは、それだけ所長の思い入れが強いということかもしれない。木村も早田のことはだいぶ前から知っている。

早田が来たことを聞いてから数分経って打合せテーブルのところに行き、

「あ、どうもどうも。どうですか、相変わらず忙しいんですか」

と言うと、

「まあ、ここんとこ忙しくて。先週なんか泊り込みですよ。近くのビジネスホテルに二晩泊まって、そのあと事務所で徹夜ですからねえ。三泊ですよ」

「サンパク！」

木村は一瞬吹き出しそうになったが、すぐにこれは笑い事ではないと思った。

「それはすごい大変ですねえ。うちの仕事じゃないんでしょう？ うちは、設計料も期間もそんなに無理なことは言ってないと思うけど。そりゃあ、たまにはがんばってもらわなければならない時もあるけど」

「いやあ、住建さんはまあまあいい方ですよ。中には、設計料は安いのに無理な事ばっかり言ってくる所がありますからねえ。そういう所ともつきあっていかなけりゃあいけないんで、事務所やっていくのもなかなか大変ですよ。でも、知り合いの事務所なんかでも仕事が少なくて困ってる所もあるみたいだから、忙しいのは有難いと思わなけりゃあいけないんですよね」

　所長の早田実は有名私立大学の建築学科を卒業後、大手設計事務所に十五年ちょっと勤務してから独立した。建築の構造設計ひとすじだ。事務所も最初は一人だったが、今では総勢六人となった。そして、続ける。

「設計の仕事は好きですから。それに、他に食っていけるような事もないし。所員もいて、家庭を持ってる者もいますからねえ。がんばっていかなけりゃあ、と思ってますよ」

建築の設計事務所は、一部に所員百人以上の大手事務所もあるけれども、数人でやっている事務所が圧倒的に多い。一人の事務所だって珍しくはない。そういう事務所を、仕事が途切れないように、また仕事が集中しすぎて無理にならないように、うまく運営していくのは並たいていの事ではない。以前に設計事務所に勤務していた木村は、そういう事情をよく承知している。だから、会社としてもできるだけ余裕のある発注をするようにしているのだ。

この日の打ち合わせは一回目であるから、建築計画の図面や資料によって建物の全体像を説明し、設計と工事の予定表を渡した。それによると、設計期間は五ヶ月ほどとなっていて、特に無理のないスケジュールとなっている。

今日は、外注先である協力事務所の早田実建築設計事務所で打合せだ。協力事務所との打合せは会社に来てもらうことが多いけれども、たまには木村の方から出向くこともある。特に早田事務所は地下鉄で行けば会社から三十分ほどなので、三回に一回ぐらいは自分から行くようにしている。そうすれば事務所の様子もわかるし、適度な緊張感も持ってもら

える。事務所に着いて、

「こんちわ」

と入っていくと、所長の早田が、

「あ、どうも。いらっしゃい」

と迎える。木村は、所員とは全員面識がある。みんな黙々と仕事をしているが、入社二年目の石井の姿が見えない。

「石井君は？」と聞くと、

「このまえ徹夜させたんで今日は代休なんですよ。仕事も一段落したから」

設計の仕事は期間の厳しい仕事もあるし、たびたび変更になって対応が難しい仕事もある。そういうときには休日出勤したり、場合によっては泊り込みが必要になったりすることもある。そうやってでも乗り切って行かなければならないのだが、それが落ち着いたときには休養を取らせることも大事なことだ。そうでなければ、中には続けて行けなくなる者も出てくる。早田所長は、そのへんは良く心得ているようだ。

早田事務所では、入口のすぐ右側に打合せコーナーがあって、大きなテーブルがひとつ置いてある。来客用と作業用の兼用だ。そこに座るとすぐに事務所のただひとりの女性所員がコーヒーをいれてくれた。それを飲みながら一服して、打合せを始めようとすると早田に電話が入った。他の所員と雑談しながら待っていると、十分ほどで早田は戻ってきた。去年早田事務所が設計した建物が完成したという連絡が、元請けの建設会社からあったということだった。これは、この建設会社から依頼された設計物件で、

「今日休んでる石井が新入社員のとき、私の下で初めて担当した建物なんですよ」

「そうですか。石井君にとっては忘れられない建物ですね」

と言って、やっと打ち合わせに入る。

前回の打ち合わせのときに渡した図面などを基にして構造の設計を進めてきたが、その過程でいろいろと疑問点が出てくる。木村と相談してその場で解決できるものもあれば、デザインの設計者に聞かなければならないものもある。そういうものは質疑書としてまとめておいて、後日の回答ということにした。

その後、苦労しながらも徐々に設計は進んで行った。建築の設計は原則として、第三者の審査を受けなければならない。これを「建築確認制度」と言うが、審査をするのは県や市などの行政機関か審査をする資格を持った民間の会社などである。これらの機関に設計図や書類を提出して見てもらわなければならないのだが、いろいろと修正や追加の検討を求められて審査をパスするまではけっこう大変である。

そのための提出期限まで十日ほどとなり、ぎりぎりのスケジュールだけどまあ間に合う

だろうと思っていたところ、顧客の意向でいくつかの変更が発生してしまった。変更は比較的簡単に直せるものもあるが、設計のいろいろな所に影響するものもあって、かなり困難だ。でも、こういうこともたまにはある。なんとか対応しなければならない。その日からは連日遅くまで頑張って作業し、土・日も出社した。それでも、徹夜まではしなくて乗り切ることができた。

設計内容の審査中もいろいろと難しい事があったが、無事に合格して最初の予定通り五ヶ月ほどで設計を終えた。これでやっと工事を開始できる。

前に建っていた建物の解体が終わって、更地になった敷地の状況を確認しようと思い現場の模様を見に行くと、なにやら困惑した様子である。そして、現場監督の下に付いている若い助手が、木村の顔を見つけるとあわてながら言う。

「あっ、木村さん、たいへんですよ。縄文時代の遺跡が出てきました。どうしたらいいんでしょう」

そのとき、監督は役所まわりをしていて留守だったのだ。

「えっ、縄文時代？」

「いえ、縄文時代か弥生時代かはわかんないですけど」

「そんなわけないだろ。縄文時代も弥生時代もこのへんは海だったんだぞ」

このあたりが陸地になったのは、江戸時代以降に埋立てなどをやってからのことだ。

「えっ、そうなんですか。じゃ、なんだろうあれ」

たしかに、そんな遺跡などが出てきたら、調査のために長い期間工事をストップしなければならない。そして、その結果によっては建設計画が白紙に戻ってしまうこともある。縄文時代や弥生時代の遺跡でないことはすぐにわかったが、江戸時代ごろの遺構の可能性はある。木村は、住建興業とは関係はないが、銀座のすぐ近くの日本橋で江戸時代の遺構が出てきて三ヶ月ばかり調査を行っていた現場を見かけていた。そこは、今は建物は建たずに駐車場になっている。そういうことを危惧したのだ。

「どんなのが出てきたのか見せてくれる」

そう言われて、この監督助手は敷地の隅の方に行って、地中に垂直に埋まったまま土を掘削されて頭が四十センチぐらいのぞいている丸太数本を示した。

「これですよ、これ。これって遺跡とかじゃないんですか」

そこはちょうど、解体前の建物の左奥の隅に当たるところだった。木村はそれが何かすぐにわかったが、この若い助手に説明するために右側の奥の隅に行き、

「このへんもちょっと掘ってみて」

と言い、作業員に掘削させた。すると、助手は驚いたように、

「あれ、やっぱり同じようなものが出てきた。これって、何《なん》なんですか」

「これは遺跡でもなんでもないよ。これまで建ってた建物の杭だよ」

「えっ、これ、丸太じゃないですか。杭っていえば、コンクリートとか鋼管じゃないんですか。丸太じゃ、腐ってしまわないんですか」

ずっと前は、松の丸太を建物の杭として使っていた。木材が腐るのは、湿ったり乾燥したりを何度もくり返すからで、この杭のように一年中湿った環境にあればほとんど腐ることはない。そのことを説明してやると、

「へえー、そうなんですか。勉強になりました」

「だいたい、よく考えてみて。これが君の言うように、縄文時代の遺跡だったとしたら、何千年も経ってるのにほとんど腐ってないでしょ。コンクリートや鋼管よりもはるかに長持ちだってことだろ」

「あそうか、そう言われればそうですね」

この助手は、専門学校で建築の勉強をやってまだ修業中の身であるが、最近の学校では木材のことなんかあまり教えないのかなと思って聞いてみると、

「そういう授業はあったと思うんですけど、自分はけっこうさぼってました。へへへ」

と笑ってごまかしていた。

工事は少し遅れ気味だったがこの半月ばかりで取り戻して、今日は現場検査の日だ。検査を行うのはこの建物の担当者である東京支店技術課の島崎係長である。島崎はデザインの設計を中心としたこの建物の設計者だ。木村は、自分が構造設計に関わった建物だから、できばえを見せてもらおうと思って一緒に来た。構造骨組の工事をやっているときに、木村は二度ほど検査を行っている。それほど重大な誤りではないが工事の一部にまちがいがあり、修正を指示したりもした。今は内装工事を行っている。島崎の専門分野で、この検査は島崎が主体になって行う。今日の木村は、単にながめているだけの気楽な身分だ。

現場に着くと、顔なじみの監督が待っていた。五十年配の人だ。早速、現場を見てまわる。島崎が先頭に立ち、その後に監督の新井が続き、木村はうしろからのんびり見ている。島崎は新井にいろいろと質問しながら検査を進め、時々、新井も設計者である島崎に相談したりしている。二、三の指摘事項はあるけれども、特に大きな問題はないらしい。ひとおり検査が終わって、二階のところで三人で工事の話をしていた。現場では、五、六人の作業員が工事をやっている。その中には、二人の外国人も混じっている。すると、その二人が監督の新井の方にやって来て、

「いっぷく」

と言う。時計を見るとちょうど三時だ。新井は黙って財布から小銭を出し、二人に渡していた。缶コーヒーでも買って飲め、という意味らしい。彼らもそれを要求していたのだろう。新井は、

「あんな言葉ばっかりおぼえて。都合の悪いことになると、『わかりませーん』と言うんだから。困ったもんですよ」

と言い、顔をしかめている。

その後すぐに、新井は自分の下で見習いをしている若い助手に指示して飲み物を買ってこさせた。それを木村と島崎にも渡して、自分たちも一服することにした。しばらく、工事の話を離れて雑談をしていると、下の方から言い争う声が聞こえてきた。

「なんだよ。おれにイチャモン付けてんじゃやねえよ、**このタコ！**」

「タコとはなんだ」

「イカー！」

新井は、また始まったか、という顔をしているが、別にあわてる様子もない。木村も、工事現場には口の荒っぽい者もいることは承知しているし、なぐり合いをしているわけでもないから、平然としている。どうも、話を聞いていると、車で工事用の材料を運んでき

た者が自分の都合のいい所に材料を下したのだが、現場の作業員がそんな所に置かれたらじゃまだ、と言ったことからケンカになったらしい。まあまあ二人とも、狭い現場のことなんだから、ゆずり合ってうまくやってよ。それにしても、タコとかイカとかって、ケンカだか漫才だかわからないけど…。それでも工事はきちんと進んで行った。

3

総務部がある四階のパーティションで仕切られた打合せテーブルで、木村と秋山が法務担当の橋山係長と打合せをしている。裁判の打合せである。橋山は法務の専門家であるから法律にはかなり詳しい。しかし、裁判となると技術的なことが問題になることが多く、建築の技術は橋山にはちんぷんかんぷんだ。だから、そういうときには技術屋の木村や秋山がアドバイスをすることになる。

技術に明るくないのは裁判官や弁護士も同様だ。彼らは法律にはとても詳しいが、建築技術の事は素人同然の人が多い。そういう人が判決を下すことになる。中にはかなり技術に精通している者もいるが少数派だ。だから、少なくとも民事裁判においては、いかにして裁判官を納得させる資料を作り自分たちに有利な主張ができるかにかかっている、と言ってもよい。

橋山が二人にいろいろと質問をしながら打合せを続けていると、総務課の野口係長が橋山を呼びに来た。

「橋山さん。滝本先生から電話です」

この裁判を依頼している大阪の滝本弁護士からだ。橋山は打合せを中断して電話に出た。

野口は住建興業では数少ない女性の係長で、木村よりも四つ年上だ。木村に向かって、

「また裁判？　今度のは勝てそう？　負けちゃだめよ」と言う。

「さあ、どうなりますかねえ。もちろん勝つつもりではやりますけど」

「がんばってよ」

と言って席に戻って行った。後姿を見送りながら秋山に向かって、

「野口さんて、英代っていうんだよ」

秋山は知らなかったようで、

「野口英代かよ。どっかで聞いたような名前だな」と笑っている。

野口の旧姓は田村というが、両親も自分たちの娘が将来、野口英代になろうとは想像しなかっただろう。

　野口係長は総務部で男性と同等の仕事をしている。部での仕事が長い分、上司からも信頼されている。この前も課長から、

「おい野口君、辞めないでくれよ」

と言われ、彼女はただ黙って笑っていた。

　野口は四年前、まだ主任だったときに夫を亡くしている。夕方、車で営業回りをしているときに事故に遭ったのだ。相手は酒酔い運転で、スピード違反のうえセンターラインを

オーバーして来て、夫の車と衝突したのだった。昼間から酒を飲んでそのまま運転したようだ。夫の車は横転し、頭を強打して意識不明となった。事故から数日後、一時的に意識が戻りかかったものの再び意識がなくなり、五日後に亡くなった。相手は軽傷であり命に係わるようなことはなかった。

野口は、当然であるが相当に動揺した。しばらく呆然として過ごした。悲しいときには泣いてもいい。しかし、それだけでは生きられない。自分にはひとり娘がいる。これからは自分が育てなければならない。現実的な問題として、多額の生命保険に入っていたわけでもなく加害者も賠償能力に乏しくて、手にした金銭も十分なものではなかった。

夫を亡くしたとき旧姓に戻り実家に帰る者もいるが、実家の田村の家は兄が家庭を持ち両親と同居している。だから、そういうわけにもいかない。そのうえ、夫はひとり息子だった。自分の娘も夫の両親になついているし自分も気が合う。よく考えた末に、これまでどおり夫の両親と同居することにした。そうすれば、平日は義母に娘を見てもらうこともできる。それに、野口英代という名前もちょっと気に入っていた。

野口は、事故から二ヶ月後に職場に復帰した。そのときから野口が変わっていくのを、木村はそれとなく気づいていた。内面の強さと覚悟のようなものを感じた。

「あの人、肩で風切って歩いてるからなあ」と言うと、秋山は、

「肩で風切ってるか。…おれなんか、肩で息してるよ」

と言って、わざと大袈裟にしんどそうにして見せる。こんな話をしていても、木村は野口のことをむしろ好意的に思っているのだ。


それにしても、橋山がなかなか戻ってこない。さっきからずいぶん待っているのだが、電話が長引いているようだ。仕方なく、裁判の資料に目を通してみる。この裁判では設計内容が争点のひとつになっている。相手方の主張では、いろいろな所に設計ミスがありそのために損害をこうむったというのだ。この建物は何度か設計変更があったために、行き違いがあったのは確かだ。また、実質的な設計は協力事務所に外注したのだが、連絡の不徹底も少しあった。しかし、その都度きちんと対応してきた、というのがこちらの主張だ。

資料を見ていた秋山が、

「この原《はら》設計って、どこの設計事務所だよ」

と聞いてくる。木村は、会社が外注している設計事務所の名前はだいたい知っている。しかし、はら設計というのは聞きおぼえがない。

「はら設計？」と聞くと、資料を見せながら、

「ここに書いてあるよ」と言う。

「それは原《げん》設計って読むんだよ。何回か設計変更してるけど、最初の、もともとの設計っ

ていう意味だよ」

「あ、そう。おれは設計事務所の名前だと思ったよ」

あいかわらずとぼけた人間である。まあ、そこがおもしろいんだけど。

「木村は大阪にはこれまで何回も行ってるんだろ？　おれは大阪支店に一回だけ行ったことがあるけど」

「十回ぐらい行ってるかなあ。支店に五回ぐらい、弁護士の滝本先生の事務所に五回ぐらいで、そのとき大阪地裁にも三回行ってるよ。でも、回数は多くても観光で行ってるわけじゃないから、大阪はぜんぜん詳しくないけどな」

それでも、行ったことがある場所ぐらいはわかる。東京に、日本橋とか京橋というまちがある。住建興業の本社のすぐ近くだ。

「大阪にも日本橋という所があるんだけど、ちょっと読み方が違うんだ。東京は『ニホンバシ』だけど、大阪は『ニッポンバシ』って読むんだよ」

「へえ、微妙にちがうんだな」

「京橋っていう所もあるんだけど、これも少し違うんだ」

「京橋って、他に読み方があるの？」

秋山は、ふに落ちないような顔をしている。

「東京は『キョウバシ』で、大阪は『キョウバシ』なんだよ」

『キョウ』を強調して言うと、

「ハハハ、それが落ちか。また、かつがれたよ」

などと冗談を言い合っているところに、橋山が戻ってきた。

「今回の件で滝本先生から準備書面を送ってくるから、技術的な観点からチェックしてもらえるかな」

テレビドラマで見るような、検事と弁護士が法廷でやり合うような裁判だけが裁判ではない。民事裁判では、関係者が裁判所に出向いて主張し合う前の段階で書類上のやり取りがくり返される。お互いの主張をまとめたものを「準備書面」という。この書類を相手方に突き付けて、受け取った方は反論の準備書面を作る。そして、自分たちの主張を裏づけるために証拠を提出する。この証拠を採用するかどうかは裁判所が決める。このようにして裁判は進んでいく。

裁判のときに作る「準備書面」は、関係者の意見や資料をもとにして、法律上の不都合がないように弁護士が作成する。木村もそのための資料を提供したり、準備書面の原案を技術的な部分で修正したりすることがときどきある。

また、裁判所に提出する書類で、「陳述書」というものがあるが、これは弁護士以外の関係者が作成することが多い。陳述書というのは、まあ「意見書」というようなものだ。ただ、その意見書は単なる個人の感想みたいなものではなく、客観的な根拠のある意見でなければならない。だから、裁判で技術論争になった場合は、いろいろな規準類や論文などを引用しながら争うことになる。木村も、これまでに何度か「陳述書」を作って、裁判所に提出してもらったことがある。このときには、作成者名は「一級建築士・木村修二」とすることになる。

そして翌日の午前中に、木村は滝本弁護士が作成した準備書面を橋山係長から受け取った。秋山といっしょに内容を見たうえで、ふたつほど意見を添えて返却したのはその日の夕方だった。

＊

またしても裁判である。総務課の法務担当である橋山係長が声を掛けてきた。

「木村主任。今回は福岡支店の案件なんだけど、建築構造の問題がいろいろとあるからよろしく頼みます」

「はあ」

「今度は、何回か現地にいっしょに行ってもらうことになると思うけど。出張のことについては、総務部長から技術部長に話をしてもらうから。とりあえず、この書類に目を通しておいてくれるかな」

「はあ、わかりました」

受け取った書類は、「準備書面」である。民事裁判では、裁判を起こした方が原告で起こされた方が被告である。被告と言っても、刑事裁判での被告人とは違って、単に裁判を起こされたというだけである。建築業界は比較的裁判の多い業界だ。一般の製造業のように出来上がった製品を見て買うわけではなく、これから出来る建物を買うのであるから、どうしてもトラブルが多くなってしまう。住建興業も、原告になることもあるし被告になることもある。

今回の裁判は、福岡支店で建築した鉄筋コンクリート三階建ての比較的小規模な建物で、完成まもなく雨もりがし壁にもひび割れが発生したために、建主が補修工事と損害賠償を求めて起こしたものだ。従って、住建興業が被告である。会社としては、補修工事は当然やらなければならないものと認めているが、損害賠償の額が過大なので争うことにしたのである。

受け取った準備書面は、原告のものと被告のもの一部ずつである。早速、書類を読んでみた。雨もりなど、木村の専門外のいくつかの事はザッと目を通すだけにし、構造強度上問題になっている部分を詳しく読んでいく。その中に建物の基礎の補強工事の事が書いてある。現在の一般的な建築工事の精度では、工事を進めながら必要に応じて補強を行うという部分がどうしても出てくる。これは欠陥の補修という意味ではなく、一般的なやり方として普通に認められている方法だ。

原告の主張によれば、この補強工事に手抜きがあったのではないか。そのために壁にひび割れが起こったというのだ。確かに、補強工事をきちんとやらなければ建物に障害が出る可能性はある。木村は、「うん、こういう事が問題になっているのか」と思った。

それから一週間ぐらい経って、法務の橋山係長から、

「来週の水曜日に福岡支店に行って打合せをやることになったんだけど、都合はどうかな。できれば、いっしょに行ってほしいんだけど。沢田先生も行くんだよ」

と言われた。橋山の話では、住建興業の顧問弁護士をやっている沢田弁護士もいっしょに行き、当時現場監督をやっていた下請けの建設会社の島田も呼んでいるという。工事のときの事情を聞いたうえで、こちらの主張を展開しようというわけだろう。木村は、その日特に予定もなかったので承諾した。

そして、福岡出張の日が来た。その日は朝からよく晴れていた。羽田から乗った飛行機

の座席は窓側で地上の様子がよく見える。富士山の近くまで来ると、雲ひとつなく遠く日本アルプスまで見え、まるで地図でも見ているようで壮観だ。たまには出張も悪くないな、と思った。福岡空港は都心部に近い所にあって、博多駅まで地下鉄でたった二つだ。その地下鉄で二十分ほどの所に住建興業の福岡支店がある。

他の打合せのため前日から来ていた橋山係長と沢田弁護士は、すでに支店に来ていた。支店の二階にある会議室に集まったのは、東京から来た三人と支店長、技術社員で今回の建物を担当した山中、そして下請けの現場監督の島田の合計六人である。早速打合せが始まったが、初めのうちは木村の専門外の事がらなので黙って聞いていた。橋山係長と沢田弁護士が、技術担当の山中と監督の島田にいろいろと聞いている。そして、しばらくすると補強工事の話になった。

ここからは、橋山たちも木村にアドバイスを求めてくる。監督の島田には、実際に補強工事をやったかどうか、前もって調べておくように言っておいた。この補強工事は、建物が完成してしまうと外からは見えない。通常は、工事の写真を撮ったりして記録を残しておくのだが、その記録が見つからない。また、この工事は設計図には書かずに後から指示するケースが多い。だから、そのときの指示書が残っていないかも調べたのだが、島田は見当たらない、と言っている。でも、まちがいなく工事はやったと言い張っている。橋山

係長が、

「だけど、何かそれを裏づけるものがないとなあ」

と言うと、島田はちょっと考える様子だったが、

「こういう物がありましたって書いて出せばいいんじゃないですか。工事をやったのは間違いないんだから」

護士が、
監督の島田の言い分によれば、単にそのときの証拠が見つからないだけなんだから、そんなもの作ればいいじゃないか、というわけだろう。すると、わずかに間をあけて、沢田弁護士が、

「まあ、そういうことはやめよう。こっちはちゃんとした会社なんだから」

と言う。つまり、仮に工事をやったのが本当だとしても、いやしくも証拠をデッチあげるようなことはできない、という主張だ。木村はそれを聞いて、それが弁護士としての正義というものだろうと思った。そして、沢田弁護士が続ける。

「とにかく、正式な書類じゃなくて当事のメモ書きみたいなものでもいいから、もう少し探してみてください」

島田はおもしろくないような顔つきだが、

「わかりました」

と答え、次の話題に移った。それから、比較的容易な問題を二つ三つこなして、打合せが終わった。六時少し前である。その後、支店長がみんなを誘った。

「ちょっと、食事でも行きましょうか」

下請けの島田はすぐに帰った。そして、技術担当の山中は遠慮して、東京の三人と支店長で、ということになった。そうしていると、一階から事務課の課長が支店長を呼びに来た。支店長に来客があってさっきから待っているらしい。木村は、「お客さんか。時間がかかるのかな」と思った。二階の会議室から出た所は階段前のホールになっている。木村たち三人は、ホールに立ってしばらく待っていた。ところが、支店長はなかなか上に上がって来ない。事務課長の話では、顧客からクレームがあってその顧客の代理という形でこの客が来たということだった。なんでも、同じ建築関係の仕事をしていて詳しいので、支店の顧客から頼まれたらしい。

三十分ほど経っても話は終わらない。木村たちは待ちくたびれて、また会議室に入って行ったりホールに出て来たり、うろうろしていた。あまりにも長いので、木村は一階に下りて行ってそれとなく様子をうかがってみた。一階は、入口の正面の所がカウンターになっている。そのすぐ後ろに事務課の机が並び、奥に支店長席があってその横に応接セットが置いてある。そこで、支店長は客の話を時々うなずきながら黙って聞いている。客は初老の男だ。こういうクレームの客には、へんに反論したりすると話がややこしくなる。まず聞くことだ。客は声を荒げるようなことはないが延々と抗議を続けている。木村は二階に上がって行って、待っている橋山係長と沢田弁護士に言う。

「まだやってますよ。なんか込み入った話みたいですね」

すると、二人は一階に下りて行き間もなく戻って来た。どんな客なのか見てきたようだ。それから十分ぐらい経って、木村がまた様子を見に行き、話が続いているのを見て帰って来た。

「まだ終わりそうもないですね」

と言うと、突然、沢田弁護士が、

「おれが言ってきてやろうかあ」

と言い、その場で急に、低く抑えてはいるが怒った口調になり、

「おい、支店長。わざわざ東京から来たのに何やってんだ。**何だ、このジジイは？**」

と言い、ニヤッと笑った。もちろん冗談で一階の二人には聞こえないが、初老の客のことをジジイと言っている。木村は、「なるほど。弁護士というものは正義だけじゃなくて、けんかもできないと務まらないのかもしれない」と思い、自分も内心ニヤッと笑った。

すると、それから二、三分で支店長が二階に上がってきた。客は帰ったらしい。さっき

の沢田弁護士の言葉が聞こえたのではないかと思って、待っていた三人は顔を見合わせてまたしてもニヤッと笑った。でも、支店長は平然としていた。

それから食事を一時間程度で切り上げて大急ぎで新幹線に乗ったが、帰宅は深夜になってしまった。

4

最近、どうも体調がおかしい。ときどき、下腹や脇腹のあたりが痛むことがある。一体どうしたんだろう。痛みは長くは続かないが回数が多い。木村は不安になった。「まさか、とんでもない病気じゃないだろうな」不安に思いながらも、一度診てもらおうと思うのだがなかなか病院に足が向かない。そんなふうに毎日を送っていたある日の夜、家で食事を終えてゆっくりしていると急に痛み出した。これまでの痛みとは違う。がまんできないほどで冷汗が出てきた。さすがにこれはまずいと思い、明日すぐに病院に行くことにした。激しい痛みは一時的だったが、鈍痛が続きふとんに入ってもウツラウツラだった。

朝になり、食事をしないで、歩いて十五分ほどの所にある病院に向かった。一応総合病院であることと家から近いので、具合の悪いときにはいつも行く病院だ。外科の外来の医者はそこの外科部長で、これまでも何度か診てもらったことがあるから、お互いに顔は知っている。混んでいてけっこう待たされてから、診察室に入ると、

「どうしました」

と、あたり前の聞き方をしてくる。木村がくもった表情で症状を伝えると、少し考える様子だ。同じような症状でも原因はいろいろあるだろうし、同じ病気でも人によって違うこ

ともあるから、どんな医者だって、症状ひとつでズバリと病名を言い当てることは困難だろう。そして、

「そこに横になって、お腹出して」

と言い、診察台を指示した。痛いと言ったあたりを押してみて、どの辺が痛いか聞いてくる。木村は、どこかがピンポイントで痛いのではなくて、強弱はあってもその辺が全般的に痛かったので、その旨を言うと、

「ちょっと、検査してみようか」

「はあ。…どんな検査するんですか」

「まず、超音波検査だね」

これは、体に超音波を当てて内部の様子を映像にして見ることのできる検査で、腹部の検査によく使われる。しかし、すぐには検査ができないので、三日後の予約を取ってまた来ることにした。痛み止めの薬を処方してもらって、その日はそのまま帰った。症状もだいぶ軽くなってきたが、会社は休むことにした。

　次の日から二日間は、薬が効いたのか体調はまあまあだった。それでも、あんな痛みがあったのだから放っておくわけにはいかない。悪いところがあったら絶対に治さなければならない。でも、難しい病気だったら…。仕事をやりながらも、検査を受ける前の日から

落ち着かなかった。

　そして、検査の日がやって来た。予約の九時半の十分位前に病院に着いた。検査は、外科の外来とは別の検査専門の室で行う。待合室には、いろいろな検査を受ける人たちが五、六人いる。待っている間、少しドキドキした。名前を呼ばれて室に入ると、ベッドの上に横になって腹を出せ、と言う。検査のために、腹の上にゼリー状のベタベタした物を塗られる。「息を大きく吸って、そのまま止めて」などと何度か言われながら検査が進む。検査技士は、画面で映像を見ているがその内容については何も言わない。そして、

「はい、終わりましたよ。結果は外来の先生に聞いてください」

と言う。また、不安になった。さっきのゼリー状の物をていねいにふき取ってもらって、外科の外来の前で待っているとまもなく呼ばれた。

　室に入っていすに腰かけるとすぐに、

「虫垂炎だね」

と言われる。

「え、虫垂炎って、盲腸ですか」

「虫垂と盲腸は別のところだけど、よく盲腸って言ってるところだね」

これを聞いて、木村はなんとなく困ったような安心したような気持ちになった。病気には違いないが、盲腸ならばそれほど難しいことはないだろうと思った。しかし、これが悪化して腹膜炎にでもなったら、生死に関わることもあるから油断はできない。

「どうしたらいいんですか」

「虫垂炎も軽いうちなら薬で治すってこともあるけど、この場合は手術した方がいいかもしれないね」

「そうですか…。どのくらい入院したらいいんですか」

「まあ、経過にもよるけど、一週間から長くて十日ぐらいだろうね」

「いますぐですか」

「一日二日を争うってことはないけど、早いほうがいいよ」

「わかりました。上司に相談して、できるだけ早く手術してもらうようにします」

週明けの月曜日、会社に行って午前中に仕事の段取りや整理をしてみて、だいたい大丈夫そうだという目星がついたので、午後になってから課長に話をすると、

「そうか、それはたいへんだなあ。でも、早めにちゃんと治した方がいいよ。仕事の方はどう？」

この何ヶ月間にやっていた仕事がちょうど終わって、残しておく資料の整理をしようと思

っていたところで、次の仕事もこれから計画に入る段階だったので、そういう意味でのタイミングはよかった。

それから二日後に、また病院に行って入院の申し出をしてみたが、ベッドの空きの問題と手術のスケジュールの関係で、入院は次の週の月曜日になった。それまでの間仕事は続けていたが、たまに痛むことがあった。それでも、その正体がわかっているのでそんなに不安はない。入院と言ってもそれほど長期ではないし、仕事の方は切りのいい所までにして無理をしないようにした。同じ課の後輩には、入院して手術を受けるとだけ言い、病名を言わないでおいた。そうしたら、金曜日の午後になって、そいつが心配そうな顔で、

「木村さん、手術受けるんですよね。…成功の確率はどれくらい？」

なんて聞いてくる。

「そんなに深刻な病気じゃないよ。盲腸だよ、盲腸」

「あ、そうですか。悪い病気じゃなくてよかった。木村さんがいないと私も困るんで」

なんだそれ、自分が困るからかよ。と思いながらも、ちゃんと木村のことも心配してるようだったので、ありがたく思った。

土、日は家でゆっくりし、入院に備えた。なにしろ、初めてのことで勝手がわからない。

病院でもらった入院の案内に書いてある身の回りの物を用意した。そして、月曜日。入院である。午後一時に病院に行って、受付に言い少し待っていると看護師が迎えに来た。部屋は四階で、ナースステーションの斜め向いの大部屋である。入口からすぐの左側のベッドを指定された。他に入院患者が五人いる。それから十分ほど経つと、担当の医師が説明に来た。手術は、明日の午後二時からやると言う。医師が帰った後、点滴を二本、三時間ほどかけてやった。それが終わると、あとは何もすることがない。ヒマである。部屋の前のロビーに出て行って、そこの本棚に置いてある本など二、三冊パラパラとめくってみるが、ちゃんと読んでみようと思うものは見当たらない。仕方なく部屋に戻り、ベッドに横になると眠くなる。

三十分ほど眠っただろうか。時計に目をやると五時をいくらか過ぎている。他の患者の様子を見ると、全員自分よりも年長らしい。特に高齢者が多い。みんな、どこが悪いんだろう。自分は重い病気ではないが、難しい病気の人もいるんだろう。自分は今回こういうことで入院したが、将来は、今同じ部屋で入院している人たちのようになるのかなあ、などと思ったりもした。まあ、仮にそうなるにしても、それは何十年も後のことにしよう。

そんなことを考えていると、ロビーの方から、

「お食事でーす」

という声が聞こえてきた。六時少し前だ。病院の夜は早い。この病院では、六時夕食、九時消灯である。木村の普段の生活からは考えられない時間帯だ。係のおばさんが運んで来た食事は、歩ける人は自分でロビーまで取りに行き、歩くのが難しい患者の分はおばさんや看護師がその人のベッドまで持ってきてくれる。みんなそれぞれだが、木村は明日手術なので、今日は食事は出ない。それでも、点滴をやったのであまり空腹感はない。もっとも、普段はこんなに早く食事をすることはないけれど。他の患者がそれぞれのペースで食事をしているのを見ながら、ベッドに備え付けのカード式のテレビを見ながら過ごしたが、あまりおもしろい番組もないから、まもなく飽きてしまった。

翌日はいよいよ手術の日だ。手術は午後からだが、盲腸だから落ち着いたものである。何の病気かわからず検査を受けたときのような緊張感はない。そして、手術室なんかに入るのは初めてなので、キョロキョロしてしまった。手術だから当然麻酔をするのだが、局所麻酔なので意識はある。それでも、そのうちに眠くなってきた。モウロウとしているうちに手術は終わった。簡単なものだ。終わっても、まだ麻酔が切れないので意識がうすい。車椅子に乗って病室に戻り、そのまま寝入ってしまった。

目をさますともう夕方である。特に体に変調は見られない。手術はちゃんとできたみたいだ。そして間もなく、夕食の時間となった。今日の昼まで食事は出なかったが、やっとめしにありつける。手術直後でベッドから離れる許可が出ないので、食事は看護師が持って来てくれた。食事の内容は、患者によってそれぞれ異なるが、木村のは米つぶがわずかしか入っていない粥の食事だった。あまりうまそうじゃない。しかし、これも病気を治すためだと思って食った。一応、食い物を腹に入れたので落ち着いた。そして、このあとはリラックスして過ごせるだろうと思った。

だが、それはあまかった。夜中になって急に痛み出したのだ。手術を受ける前の痛みとは質が違う。するどい痛みでズキズキする。少しウトウトするが、痛くてすぐに目がさめる。そんなことを何度もくり返す。これはとてもかなわないと思い、看護師に痛み止めを頼むが、痛み止めというものはそんなに頻繁に使ってはいけないと言い、要求に応えてくれない。「まさか、手術をヘマしたんじゃないだろうな」と思いながら、仕方なくベッドの上で我慢していた。これは、麻酔が完全に切れて手術した所が痛み出したということらしい。

明け方になって、やっと痛みがうすらいできた。そして、少し眠ることができた。物音で目をさますと、ほとんどの患者がもう起きて動いている。まだ六時前だ。それにしても、ゆうべはたいへんな目にあった。でも、こうして今は痛みもほとんどない。よかった。あとは、少しずつ良くなっていくだろう。そう考えると気が楽になった。退院までゆっくり過ごそうと思った。一晩たったのでベッドを離れて歩く許可が出た。ひげを剃って顔を洗い、ベッドに腰掛けてテレビを見ていると、おばさんがみんなに茶を入れに来た。そして、朝食である。木村のは、きのうに続いて粥の食事だ。飯つぶはきのうよりも多い。普通のめしが食いたいと思ったが、一日二日の我慢である。

それぞれの患者には、塩分や糖分などの食事制限がある人もいる。そして、中にはその時々で体調の悪い人もいる。木村の部屋の入口からすぐの右側のベッド、つまり、木村の向い側のベッドには、境田さんという六十前後（木村の目からはそう見えた）のオジさんがいる。今朝は調子が悪そうだ。看護師が、

「境田さん、ごはん食べられないの？」

と聞いている。いつまで経ってもハシをつける様子がない。木村はサッサと食い終わり片付けて部屋に戻ると、そのオジさんが木村に向かって、

「よう兄イ《アニ》、めし食ったの？」

なんて聞いてくる。木村は「ハアー」としか言いようがなかったが、いくらまずい病院のめしだって、食えないんじゃ困るなあ、と思った。口からめしを食うというのは極めて重要なことだ。

その日も午前中に点滴を二本やった。点滴の管でつながれていると、束縛感が強い。ト

イレにもつながれたまま行くしかない。不自由だ。だから、それが終わり管をはずしてもらうとスーッとする。その代わり、その後はすることがないからヒマでしょうがない。困ったものだ。点滴が終わると、すぐに昼めしだ。あいかわらず粥だが、それにも慣れてきて簡単にたいらげてしまった。向い側の境田さんは体調が回復したようで、雑誌を見ながら普通に食っている。そして、看護師に向かって、

「よう、俺はこういう物を見ながら食ってるから、めしがうまくってしょうがないよ」

と言って、ながめていた雑誌を見せていた。「病院のめしがうまい？ そんなバカな」と思いながらそっちを見ると、うまそうな料理がのっている本だった。すごい皮肉である。それにしてもユニークなオジさんだ。

午後二時過ぎに、主治医が回診に来た。手術の痕や体調を確認して、特に問題はなさそうだと言って帰って行った。その後は、テレビを見たり雑誌を読んだり、病院内をウロウロしたりして過ごした。次の日の午前中に、経過を見るために検査をすることになった。例の超音波検査である。そして、結果には異常がないようだった。

その日の午後に看護師が来て、

「木村さん。部屋を替わりますよ」

と言う。経過が順調なので、別の部屋に移るということらしい。移った部屋は、下の階の三階である。三階には、廊下をはさんで病室が二つあるだけで、ナースステーションはない。四階のナースステーションが三階のふた部屋も見ている。だから、三階の部屋には、特に看護師などの目が行き届かなくても心配のない、容態の安定している患者、回復期の患者だけがいる。確かに、ナースステーションのある四階の病室には、かなり体調の悪そうな患者もいて、ときどきうなり声をあげていることもあった。

新しい部屋に入って、ちょっと驚いた。五人いる患者の全員が木村よりも若そうだ。一人だけ三十代初めぐらいで、他の四人はどう見ても二十代だ。

「なんだコイツらは。こんなに若くて、いったいどこが悪いんだろう」

無茶をしてケガをしたとかではなくて、みんな病気らしい。それにしても、三階の部屋にいるだけあってみんな元気である。中には、パソコンを持ち込んで仕事をしている者さえいる。木村のように、さほど重大な病気ではないのだろう、と思った。ところが、看護師が来て、「○○さんは?」と他の患者に聞くと、「透析に行ったよ」と言う。透析と言えば、腎臓が悪くてそれもある程度進んだ状態ではないか。木村は、透析を受けていて体調不良のため苦労している人を知っていたので、なんであんなに元気でいられるんだろう、と不思議に思った。

そして、自分よりも若そうなヤツラを見ていて考えた。自分くらいの年齢であっても、いつまでも楽をしていると筋肉が衰えてくる。手術による痛みがある程度残っていても、軽く体を動かすことは積極的にやった方がいい。それでも、病院内でできることと言えば、歩くことくらいだから、病院の中を探検してやろうと思った。この病院は、メインのエントランスと外来の診療科がある南棟と、病室が主体の東棟・北棟の三棟がコの字形に並び、渡り廊下でつながっている。確か、南棟の入口あたりに病院全体の案内図があったように思う。そこに行って病院の全貌を把握してから、歩きまわってやることにした。

まず南棟の最上階まで階段で上り、廊下を歩く。けっこう入院患者は多そうだが、とても静かである。眠っている人も多いんだろう。下の階に行ってみる。ここもあまり変わらない。運動不足なので、階段を下りるのもいつものように躍動的にはいかない。慎重に下りる。そして、その下の階の廊下を歩いていると、個室の入口のところに何人かいて、泣いている人もいる。様子を見ていたら、どうもここの患者が亡くなったようだ。病院は病気やケガを治療するところで、多くの人が回復・改善して退院していく。その一方で、死を迎える人もいる。病院というところは、生と死が交錯する場所だ。

そんなことを思いながら三階まで行くと、木村が手術を受けたオペ室がある。ここで難しい手術を受ける人もいるんだろうなどとも思ってみる。そして、一・二階は外来であって見慣れた風景であるから、特別な感慨もなく通り過ぎた。今日はこれくらいにしておこうと思い、渡り廊下を通り入院している東棟の一階まで行くと、そこにも病院内の案内図があった。それを見ていたら、北棟の一階に霊安室がある。多くの人の目に触れるメインエントランス近くの案内図にはなかったはずだ。やはり、この病院で亡くなる人も少なくないんだろうと思わざるを得なかった。

それから二日経って、看護師が、

「向い側の部屋に移ってください」

また部屋を替わるのか。なかなか落ち着かないな。

今度の部屋は、年配者ばかりである。ザッと見たところ、五十代から七十近くかな、と鑑定した。部屋を移ってもやることは同じだ。あいかわらず、午前中に点滴を二本、午後は何もすることがなく、ただ回復することに時間をかけるだけだ。木村は、どの部屋にいても、他の患者と親しく話をすることはない。話をしても、一言二言だ。たとえ同じ部屋にいても、きのうきょう会った人たちとあまり話をするのは何となくめんどくさい。上の四階の部屋にいたときは、体調のおもわしくない人もいて、患者どうしで話をすることはあまりなさそうだったが、三階に移ってからは、不調を訴える患者もほとんどいないので、ヒマな患者どうしでベラベラしゃべっている。木村は話には加わらないが、自然と耳には入ってくる。

「退院したら住む所を市に探してもらってる」

「いい所が見つからなかったら、住み込みでも何でもいいから仕事を探してひとりで暮らしていくよ」

「おれは息子には会いたいけど、嫁には会いたくねえ」

なんて言ってる患者がいる。その人よりも年長の人が、相づちを打ちながら聞いている。

一見、みんな気楽そうに見えたけど、なかなか複雑な事情をかかえている人もいる。

この部屋はオジさんたちばかり（木村はその中に入れなくていいだろう）だから、若い女の看護師が来ると、からかってばかりいる。

「ヤダッ、モウ。ちゃんと言うこと聞いてくださいよ」

「ハイハイ、わかりました」

なんて言ってニヤニヤしている。入院した次の週の月曜日、主治医が来て、

「あした、退院でいいでしょう」

と言う。やっと退院か。そして次の日、着替えて身の回りの物を持って部屋を出るとき、みんなに向かって心の中で声を大きくして、

「若い看護師からかってる元気があったら、さっさと退院しろよ」

5

法務担当者との打合せが終わって席に戻ると、机の上に回覧板が置いてある。見ると、「親睦会のお知らせ」とある。住建興業では、日頃顔を合せる機会の少ない本社や支店間の社員の交流を計るため、親睦会をやっている。もちろん業務外であるが、会社もそういう事を奨励し、わずかではあるが補助金も出している。三ヶ月に一回のペースで行われているが、次回は一ヶ月後の五月十八日金曜日だというのだ。木村は、そういう会に参加するのも大事なことだと考え、二回に一回ぐらいは出席している。「特に予定もないし、また出てみるか」と思い、参加希望者の所に名前を書いて、隣の席に置いた。

五月の連休が終わったある日。木村は、「何だか、きょうは乗らないなあ」と思っていた。別に体調が悪いわけではなくても、そういう事もたまにはある。仕事も適当に流していると、回覧が三つまとめて回ってきた。この会社ではやたらと回覧が多いように思う。木村にとってはどうでもいいような内容も少なくないから、単に回覧済のところに名前だけ書いて次に回してしまうことも多い。

きょう回ってきた回覧の中に、「親睦会のお知らせ（その2）」というのがあった。この前の続きだ。内容は親睦会の再確認で、参加予定者の名簿も付いている。いつものとおり、だいたい二十人ぐらいの参加者だ。本社の欄には木村の名前もある。そして、他にどんな人が出席するのかなながめていると、横浜支店のところに『加藤美保』と書いてある。

「加藤美保って、あの加藤さんかなあ」

と思った。横浜支店に加藤という事務係の若い女性がいて、なかなかいい娘だという評判だ。独身の木村にとっては、社内でのそういう出会いも大事なことだ。そこで、回覧を次に回してから、二年ほど前に横浜支店から転勤してきた佐々木にそっと聞いてみた。

「横浜支店の事務の加藤さんて知ってる？」

「ああ知ってるよ。知ってると言っても、顔を知ってる程度だけどな。特に美人というわけでもないけど、すごくいい娘だよ」

「名前はなんていうの？」

「名前はなんだっけなあ。ちょっと忘れちゃったよ。今度聞いておこうか」

「まあ、いいけどさ」

「でも、横浜支店で加藤という女の人は一人だけだよ」

「そうか」

きっと、加藤美保というんだろうと思った。そして席に戻ると、さっきまでの乗らない気分が一変した。急にやる気が出てきた。「なんか、楽しみだなあ」と、つぶやいた。

きょうは、五月十八日。例の親睦会のある日だ。朝から楽しみにしていたが、昼すぎになると何だか落ちつかなくなってきた。「早く、仕事終わんないかなあ」と思いながらも、あまりいい加減に仕事はしたくないから、なんとか業務に集中するようにしていた。そうするうちに、やっと終業の五時半になった。しかし、親睦会は七時からである。近隣の五つの支店と本社の社員が親睦会の対象であるが、地理的な理由から、いつも本社の会議室を使ってやっている。そして、各支店から本社に来る時間を考えると、どうしても七時ごろからでなくては無理である。

本社の者は、五時半に仕事を終えても七時までにはだいぶあるので、木村はいつも、会議室に行って机を並べるのを手伝ったりしていた。もちろん、忙しいときにはぎりぎりまで仕事ということになる。この日はそれほどでもなかったので、手伝いが終わってから、自分の席で建築の雑誌などをながめながら時間をつぶしていた。

そして、やっと七時近くになったので、会議室に行ってみた。まだ全員ではないが、だいぶ集まっている。横浜支店の技術係長の山元は知り合いである。そちらに向かってちょっと会釈をしてからその近くを見てみたが、加藤美保さんらしき人は見当たらない。「きょうは来られなかったのかなあ。それとも遅れてくるのかな」と思っていると、ちょうど七時になって会が始まった。

親睦会はいつも、弁当をとってみんなで食べてから、その後いろいろな情報交換や雑談で過ごすのが常だった。静かに食べている者から、隣の者と話をしながら食べている者までいろいろだ。そして、弁当を食べ終わって、簡単な自己紹介となった。今回も、知っている者も何人かいるが、初対面の人もかなりいる。横浜支店の山元係長の自己紹介が終わると、次に木村と同年代の男性が立ち上がった。

「どうも。横浜支店で営業やってる加藤です。よろしくお願いします。美しく保つと書いて美保《よしやす》といいます。いつも美保《みほ》さんと呼ばれて困るんですけど」

と言っている。それを聞いて木村は、

「なに、よしやす？　何だよそれ。男かよ。まぎらわしい名前付けんなよ」

と思った。何だかがっかりした。早く帰りたくなった。しかし、そうもいかない。とにかく横浜支店に加藤という若い女性がいることは確かなので、いつか知り合いになれることを楽しみにして、何とか今回の親睦会をやり過ごした。

週明けの月曜日、佐々木にそのときの事を話すと、

「美保《よしやす》かあ。ちょっと意外な読み方だな。おれが横浜支店にいたときにはそういう人はいなかったから、最近入社したんだろうな。そういえば、おれの同級生に久しく美しいと書

いて久美《ひさよし》というのがいたんだけど、いつも久美《くみ》さん、久美さんと冷やかしてたよ」

「そうか。何だかまぎらわしいよなあ。そういう名前はやめてほしいよ」

顔をしかめる木村の横で佐々木はゲラゲラ笑っている。

＊

下請けの中内建設は、売上げの八割ほどが住建興業からの受注だ。東京支店の工事が主であるが、埼玉支店の仕事も少しやっている。今の社長が三十代で興した会社で、身内を中心にした小ぢんまりとした会社だ。中内社長は、もともと技術屋であったが、六十五才を過ぎてから営業に専念するようになり、技術のことは息子である専務に任せている。その中内建設がやった埼玉支店の物件で問題が発生した。この件について相談に乗ってほしい、と技術管理課長の北田から木村に電話があったのは、その日の昼近くだった。東京支店に常駐している北田課長は、関東地方にある全支店の技術的な管理や指導を行っている課長である。

約束の四時ちょうどに北田課長のところに行くと、北田は副支店長と話し込んでいる。木村は仕方なくその辺をぶらぶらしていたが、話がなかなか終わらないので、外出している社員の席に腰掛けて待っていると、事務係の円城係長が営業の千葉課長補に話しかけている。

住建興業では、支店ごとに営業社員の成績を貼り出している。だから、各社員の実績が明白になる。そして、各年度の全営業社員の成績が集計され、四月になると印刷物にして全社員に配布している。成績上位の者は鼻が高いし、振るわなかった者は片身がせまい。それだけではなく、上位者は表彰され、下位の者は降格になる者もいる。人によっては、なかなかつらい時期でもある。

東京支店の千葉課長補は、若いころ建設機械メーカーで営業をやっていたが、四十才直前に住建興業に転職し住宅の営業をやるようになった。初めの二、三年はなかなか思うように注文がとれなかったが、その後、少しずつ受注できるようになり、この七、八年は比較的上位で安定した成績をあげている。二回ほど表彰を受けたこともある。

「千葉さんて、いつも成績安定してますよね。なにか秘訣みたいなものあるんですか」

「そんなものないよ。地道にやってるだけだよ」

営業社員の中には、物件数はあまり取れないが、大きなプロジェクトをねらって一発逆転ホームランをもくろむ者もいる。そういうやり方もあるだろうが、それがだめだったとき成績表の下位に名前が載ることになる。千葉はあまり大物ねらいはしないで、中小規模のもので着実に実績をあげてきている。円城係長が続けて言う。

「千葉さんの亮《リョウ》って名前。私、沖縄なんですけど、沖縄の言葉で『ガンバレ』っていうの、『チバリョー』って言うんですよ。千葉さんの名前見ると、いつも『ガンバレ』って言われてるみたいで」

「ハハハ、おれの名前は応援団か」

そんな話に耳を傾けていると、やっと北田課長と副支店長の話が終わって、北田が「あ、わるい、わるい」と言いながら、木村のところにやってきた。打合せテーブルで向かい合わせに腰掛けると、北田が困惑した様子で、

「ユレー…」といったん切って、「が出るんだよ」と言う。

「幽霊？　何ですか、それ」

「幽霊じゃないよ。揺れだよ、揺れ。建物が揺れるって言うんだよ」

「なんだ、揺れですか。今どき幽霊なんか出るわけないと思った。でも、揺れってどんな感じなんですか。地震のとき建物が揺れるのは当たり前だけど」

「地震のときじゃなくて、いつも揺れるらしいんだ。普通の人はほとんど気がつかないくらいなんだけど、そこの建主がすごい敏感というか過敏症というか、気になるんだってよ。確かに、コップに水を入れてテーブルの上に置くと、水面が振動してるのがわかるんだ」

そこで、その原因を確かめるために、建物の設計や工事に問題がなかったか検証してみようということになった。設計の方は、主として構造設計に関係することだから、木村が設計内容を確認することになった。この建物の構造設計は協力事務所の藤枝建築設計事務所に外注している。設計が完了したときに木村もその内容を大ざっぱに見ているが、今回は詳細に見直してみることにした。

藤枝建築設計事務所は、所長の藤枝洋と修行中の若い者、それに女性ＣＡＤオペレーターの三人で構造設計業務を行っている。木村も藤枝のことはよく知っているが、普段からなかなかいい設計をしている。だから、今回も設計に問題があるとは思っていない。しかし、人間のやることだから絶対にまちがいがないとは言えない。こういうときには、感情を抑えて疑ってかからないとミスがあっても発見できない。信用している人間を疑うのだから、ちょっとつらい。

次の日から二日間をかけて、藤枝事務所が作成した構造計算書と図面のチェックを入念に行った。思ったとおり、まちがいらしいまちがいは見当たらない。そのことを北田課長に報告すると、

「あ、そう。工事の方は、いま中内建設に調べさせてるんだけど。あそこもいつもちゃんとやってるからなあ。これで工事にも問題がないとすると、やっぱり幽霊のしわざかな」

「ハハハ、まさか」

それから五日後に、中内建設の専務が北田課長のところに報告にやって来た。木村もいっしょに話を聞くと、中内は、

「工事の記録なんかをよく調べましたけど、特に問題はないと思います」

と言いながら、報告書と工事記録を差し出した。北田は、

「そうか、やっぱり問題ないか」

と言って、工事の記録に目を通す。しばらく見てから、一枚の工事写真を指して、

「ここの所、図面と違ってるみたいだけど、どうしたの」

と聞く。これは多分、建物の揺れとはほとんど関係のないことだろうが。

「工事中に建主さんの希望で変更になったって、埼玉支店の担当の若い男の人に言われたんですよ。確か、高田さんていったと思うけど」

「埼玉支店に高田なんて男いたかなあ」

「ちょっと待ってくださいよ。名刺もらったはずだけど」

と言いながら、バッグの中から名刺入れを取り出して一枚ずつ探し始めた。

「あっ、あった。これですよ。高田香《かおる》さん」

「おい、それ女だぞ。名前も『かおる』じゃなくて『かおり』って読むんだよ」

中内は、あまりにも意外だったようで、声を低く抑えながら、

「エー、あの人、女のひとなんですか」

と言ったきり、唖然というか呆然というか、次の言葉が出てこない。

高田香《かおり》は、髪もショートで化粧っ気もなく、まだ二十代前半で少年のような顔をしている。声もやや低い。服装だって大抵はズボンで、スカートをはいているのなんか一、二回しか見たことがない。よく見ると女性らしいところも多いのだが、よく知らない人からは男だと思われても無理はない。名前だって、読み方は別にしても男でも女でもある名前だ。

木村は、そばで聞いていて心の中で爆笑した。そして、このまえの親睦会のことを思い出しながら、他人《ひと》の名前で混乱したのは自分だけではないな、と思った。

6

初めのうちは気がつかなかった。その事務課の若い女性を何度か見かけたことはあったが、話をしたことはなかった。それがあるとき、仕事上の必要があって初めて話をして、「ああ、東京支店にこういう女性《ひと》がいたのか」と思った。そのときはそれだけだったが、そのあと徐々に気になる人になっていき、そしてついには木村にとっては「いままでに会ったことがないようなとてもきれいなひとだな」という存在になってしまった。だからと言って、普通の恋愛感情とはだいぶ違うようだし、年令もかなり下だ。その女性は、まあ美人には違いないが、美人美人していない、それよりも「きれいなひと」と言う方がふさわしい娘だ。木村には、それは彼女の内面から来るもののように感じる。だから、そのことに気がつかない者が多い。木村は、それはいったいなぜなんだろうと思った。

木村は本社所属であるが、専門が特殊なこともあり近隣の支店の設計物件もある程度見るようになっている。その中でも、支店が大きいので東京支店の物件数がそれなりに多い。打合せのために支店の担当者に本社に来てもらうこともあるが、木村が支店に出向くこともある。そして、この女性と知り合ってからは、木村の方から東京支店に行く《ひと》ことが多くなった。もちろん、半分以上はこの娘が目当てだ。しかし、そんな事は他人《ひと》に言えないの

で、課長から、

「木村君。このごろ東京支店に行く回数が多いね」

と言われても、

「ええまあ、支店の担当者が忙しそうだから、こっちから行ってできるだけ負担を減らしてやろうと思って」

などと言って適当にごまかしている。だからといって、仕事上の必要もないのに支店に行くようなことはないし、行けばきちんと業務をこなして帰ってくる。

あるとき、東京支店の新規物件の打合せが入った。支店の担当者は、

「いつも来てもらってばかりだから、今度はこちらから本社に行きますよ」

と言う。木村は、「えっ、それはまずい」と思いながらも、あわてる様子を見せないで、

「いや、大丈夫ですよ。またこっちから行きます。他の物件の経過も知りたいし」

と言って、木村の方から出向くことに決めてしまった。

約束どおり二日後の二時に打合わせに行くと、技術課の部屋には十五人ほどいる技術社員のうち三人残っているだけで、その他は現場に行ったり顧客のところに行ったりしているようだ。打合わせテーブルのところに座るとすぐに、技術係の若い女子社員が茶を入れてくれた。

「おう、しばらく、元気で頑張ってる？」

と言うと、明るい顔で、

「はい、頑張ってます。この物件は私も一緒にやることになりました」

と答える。そうすると、今日は三人で打合わせか。木村は四年前から技術社員の新人研修の講師をやっているので、ほとんどの若い技術社員とはある程度親しい。この女子社員は今年の入社であるが、研修中も成績がよかった。特にデザインが得意らしい。木村はあの事務課の若い女性ともこんなふうに気楽に話せたらなあ、と思った。でも、急には無理だから、少しずつだな、とも思った。

打合わせは小一時間で終わった。三時少し前である。あのひとに声をかけて行くかなと思い、事務課の部屋を見ると席にいない。すぐに戻るだろうかと思いながらホワイトボードを見ると、「都庁、十六時」と書いてある。お使いに行ったらしい。一時間も待つわけにいかないし、だいいち待ち伏せするみたいでいやだ。決してストーカーじゃないんだから。残念だけど今日は会えなかった。近いうちにまた来よう。

でも、なぜこの娘にこんなにも惹かれるんだろう。前世からのつながりでもあるのか。まさか！　独身の木村は揺れ動いた。「あのひと、付き合ってるひとがいるんだろうか」などとも思ってみた。

何度か話をして打ち解けつつあったものの、木村の感情のなぞがつかめないまま何ヶ月か経ったある日、打合せに行った東京支店の担当者の前の打合せが長引いて、少し待たなければならなくなった。事務係をしているこの女性は仕事が一段落して、ちょっと休憩をしていいた。上司の課長も外出中だったので、木村から話しかけてみた。すると、想像もしなかったような話になった。

木村が大学生のとき、同じ学科に藤崎という友人がいて、地方から出てきて東京の新宿区にある古い寮に下宿していた。その寮は、元々はそいつの県の出身者専用の学生寮だったのだが、そのときは普通の下宿屋になってだれでも受け入れていた。そのため、学生だけじゃなくて若い会社員なども何人かいたようだ。古い下宿屋なので、風呂や洗面所、トイレなどは共同であるが、二食付きでめしもまあまあなので面倒がなくていいと言っていた。そいつとはそのときは親しくつきあっていたが、今は連絡も取り合っていない。卒業して別々の道を歩き始めれば、だいたいそんなものなんだろうとも思う。

木村は、藤崎の下宿にたびたび遊びに行った。他のやつらといっしょにマージャンをしたり、ときには飲みに行ったり、そして何回か泊まったこともある。学生とはいえ、物も少しは持っている。狭い四畳半の部屋に三人も四人も寝るのだから大変である。だから、押入れで寝なければならないやつも出てくる。

同じ学科の中で、木村と藤崎を入れて六、七人の緩やかなグループが出来ていた。みんなが二十才になったときから一年間、その仲間たちで月ごとに誕生日会をやった。その月の誕生日の者を無料にし他の者たちで費用を出し合って食事会をしたのである。誕生日会とは子供じみているようにも思えるが、みんなけっこう楽しみにしていたようだ。

木村の誕生月のとき、ファミレスのような居酒屋のようなちょっといい和食の店で食事会をした。部屋は大広間の座敷で木村たちのテーブルの他に何組かの客がテーブルを囲んでいる。料理は旨かったし、酒も少し飲んだ。そうして十分に満足して会を終わろうとしているとき周りを見ると、客に若い夫婦者がいて小さな女の子を連れて来ていた。その子はテーブルから少し離れておとなしく絵本を見ていた。木村は「あの子、かわいいなあ」と思った。まだ学生の木村にも、小さな子に対するそういう思いはあった。

夏休み中の八月に誕生日の者がいたが、休みで帰省している者が何人かいてみんなで集まることができないので、誕生日会は九月に延期された。そのときは夏休みの話で盛り上がった。木村は休みの間、軽作業のアルバイトを一ヶ月ほどやったが、それ以外は入っていたサークルの小旅行と講義のノートを少し読み返す程度でなんとなく過ごしてしまったので、みんなはどうしていたのか興味があった。

休み中はずっと家の仕事を手伝っていたと言う者がいた。それぞれのうちの家業はいろいろで、親が会社員のうちもあるし、地方で小さな建設会社をやっていたり、親父は漁師だって言ってたやつもいた。その中で、資格を取るための勉強をしていたという者がいた。そんな話を聞いて、木村はちょっと遅れを取ったかなと思った。このときは話が尽きなくて少々飲みすぎてしまったので、会が終わってから、一時間半ほどかかる自分の家に帰るのがしんどくなって、藤崎の下宿に泊めてもらった。

遊んでばかりいたわけではない。勉強もきちんとやった。大学の講義にはほとんど休まずに出席したが、病気とかでどうしても休まなければならないときもあった。そういうときには、藤崎とノートの貸し借りをした。そのときの約束で、借りたノートはコピー禁止で必ず手書きで書き写すことにしていた。そうすれば、そのことが勉強になるし休んだことを取り戻すことができる。そういうのはけっこう時間が掛かって、木村がノートを貸したときそいつの下宿で泊り込みでつきあったこともある。それは、木村自身の勉強にもなることだった。

その下宿屋は、小さな公園に面していた。小学生の男の子のグループや女の子のグループが遊んでいたり、年配者がベンチに腰掛けて静かに子供たちを見ている、というような公園だった。木村が駅から下宿屋に向かう途中で、その公園の横を通る。すると、「あっ、またあの子たちが遊んでるな」と、同じ子供たちを見かけることも何度かあった。ある初夏の日の午後、下宿屋に着いて藤崎の部屋に入り、そいつがコーヒーを入れてくれる間、公園の方を見ていると、その日は四、五人の女の子のグループだけが遊んでいた。突然、藤崎がこんなことを言った。

「みんな、かわいいだろ。……十年後が楽しみだけど、今は手を出せないもんな」

「ハハハ、そうだな。今はちょっとな」

意表をつかれた事を言われて、木村もそう応えるしかなかった。それに、どんなにかわいいと思っても大学生が小学生に向かってつきあってくれとも言えないし。


話をよく聞いてみると、東京支店のこの女性は、子供のときその公園の近くに住んでいたという。木村の記憶では、丸福公園とかいう名前だったように思うが、この女性に聞いた公園の名前も一致している。その話をすると、

「エー、そうなんですか。私たちあの公園でよく遊んでたんですよ。すごい偶然ですね。それじゃあ、私たちそのときに会ってたかもしれないですね」

「きっとそうだよ。公園の横を通るときに、子供たちと目が合ったこともあるし」

当時の事を思い出しながら、

「やっぱり、アイツは見る目があったなあ…」

木村がひとり言のように言うと、

「エッ、何ですか、見る目って」

「いや、そのときのおれの友だちが君たちを見て、『きっと、みんな美人になるぞ』って言ってたんだよ」

まさか、子供に手を出すとか出さないとか言ってたなんて言えないから、そんな風に言うと、うれしそうに、

「ありがとうございます。でも、私はともかく、仲間にヨッちゃんて子がいたんですけど、勉強はできるしきれいだし、男の子にも女の子にもとても人気があったんですよ。私もヨッちゃんにあこがれてて。すごい美人になってると思いますよ。家《うち》もそのあと今のところに引越しちゃったので、今は全然つきあいがないんですけど。みんなどうしてるかな…」

この女性に惹かれた理由、それは遠い記憶だったのだ。それにしても、あのときの女の子がこんなにいい娘になるとは。あのときに手を出せなくても、せめて予約だけでもしておけばよかった。…まあ、そんなわけいかないか。

木村の心の謎が解明されてから十ヶ月余り経ち、木村の私生活が一変した。ついに結婚

したのだ。相手は、小さな商社に勤務していた中野多恵子という女性だ。知り合いに紹介されたもので、見合い結婚である。何度か会っているうちに、これならばまあまあの相手かなと木村は思った。そして、多恵子もそんな感じだった。お互いに三十代で、そのときの理想を追い求めるようなものでもなく、結婚とは生活だから長くいっしょにやっていけそうかどうかが一番の決め手だった。そして、お互いのまあまあ感が一致したのだった。まあまあなどと言うと何となくいいかげんに決めてしまったようにも聞こえるが、そんなことはない。大曽根元首相が自主党の総裁の椅子にすわったときに、記者かだれかに感想を聞かれ、『うん、まあまあだねえ』と答えたが、顔はたいへんうれしそうだった。まあまあというのは、満足などという意味に考えていい。

結婚式には、会社の上司の他に秋山と佐々木にも出てもらった。新婚旅行は、こういうことでもなければめったに行けないだろうと思い、海外にした。木村は外国の街並みや建物を見るのが楽しみだった。多恵子は記念になるような珍しいみやげ物をよく買っていた。そして、思い出の多い旅行から帰り、木村の新生活が始まった。

7

住建興業は住宅メーカーだから、受注する建物は圧倒的に戸建住宅が多い。木造住宅の他に、鉄骨三階建ぐらいの店舗併用住宅なども少なくない。また、そういう建物とは別に、比較的規模の大きい建物を受注することもある。住宅メーカーの強味を生かした集合住宅系の福祉施設などで、いわゆる老人ホームなどと呼ばれるような種類の建物だ。

名古屋支店に、愛知県内の福祉法人から、ある程度介護が必要な高齢者も生活できるような集合住宅の建築の話があった。これから基本設計をやって、工事の受注に結びつけるように活動していかなければならない。ただ、住建興業は住宅メーカーとは言っても、福祉系の住宅はそれほど多くの実績があるわけではない。まして、名古屋支店となるとほんのわずかだ。そこで、設計は名古屋市内にあるそういう建物を得意にしている設計事務所と組んで、共同設計という形にすることにした。そして、工事を受注できたとき、それを住建興業がやることになる。

建物の規模が少し大きいので、名古屋支店では技術課長の大石が担当し、その下に主任になりたての本田をつけることになった。ただ、実務上は本田が主体になって設計を行っていく。大石課長もそうだが、本田もこのような建物のノウハウはあまりないので、勉強しながら進めていくことになる。勉強しながらなんて言うと発注者に失礼なようにも聞こえるが、どんな建物でも、それまでにある建物と全く同じものなんかないのだから、大なり小なり勉強しながらということになる。まあ、それはどんな仕事でもそうだろう。

住建興業の東京支店では、最近の五年ぐらいの間にこの種の建物を三件受注した実績がある。そのうちの一つで、去年完成しすでに高齢者たちが生活している建物が東京都内の郊外にある。この建物の設計には、木村と秋山も関わっている。名古屋支店では、この建物を見学しようということになった。課長の大石は都合がつかなかったので、本田主任ひとりが来ることになった。本社で木村たちと打合せをし、現地に行って建物を見るとなると、一日ではきびしい。そこで、一日目に設計上の注意点などの打合せをし、二日目に現地を見るというスケジュールになった。これならば十分な時間がとれる。

本田は、その日の午後一番で本社にやって来た。名古屋支店には出社せず、家から直接本社に向かった。前にも来たことがあるから、特にとまどうこともない。本田は元気よく、

「こんにちは」

と言って入って来た。すぐに木村や秋山たちの所に行き、

「勉強しに来ました。よろしくお願いします」

と挨拶をする。木村も秋山も本田のことは前から知っている。

「おう、元気だったか。ちょっと部長に挨拶して来いよ」

と秋山に言われ、すぐに部長のところに行き挨拶して戻って来た。

時間は有効に使わなければならないから、一服した後、早速打合せに入る。まず、明日見学する建物の設計図やそのときの資料を見ながら、秋山がいろいろと説明をする。秋山は建築士の資格の他に、福祉住宅アドバイザーという資格を持っている。これは建築士のような国家資格ではなく、社団法人福祉住宅協会が認定している資格であるが、しっかり勉強しないとなかなか合格できない。そして、福祉住宅アドバイザーが設計に関わった建物には、設計料の一部として自治体から補助金が出るなど、優遇されている。本田もときどき質問しながら熱心に聞いている。

そして、建物の全体像がだいたい把握できたところで秋山が、

「ちょっと一息いれるか」

と言う。木村と秋山が給湯室に行き、三人分のコーヒーを入れて打ち合わせテーブルのところに戻ってきた。以前は、三時になると女性社員がみんなにコーヒーやお茶を入れてくれた。でも、その仕事もけっこうたいへんなので、今は給湯室にコーヒーなどを用意してある。そして各自、好きな時間に好きなものを飲むようにした。そして、夕方になると女

性たちが給湯室を片付けてくれる。

木村たちが席に戻ってコーヒーを飲んでいると三時になったので、女性社員がみんなに菓子を配り始めた。たまにではあるが、業者が菓子折などを持ってくることがある。会社によっては、業者からの手みやげなど一切受け取らないところもあるが、住建興業では、社会通念上ゆるされる範囲のものならば、そんなにかたいことは言っていない。この日は、新規に売り込みに来た建材メーカーが手みやげを持って来た。いくら住建興業だって、売り込んできた商品が良くなければ、菓子をもらっただけで取引きを開始するなんてことはありえない。

女性社員が本田、木村と順番に、「どうぞ」と言うので、箱の中からそれぞれひとつずつ取った。その次に秋山に向かって、

「秋山さんもどうぞ」と言うと、

「あ、わるいね」と言って、箱ごと受け取ろうとする。

「どれか取ってください」

「あ、そうか。どれでもいいの」

「どれでもどうぞ」

「でも、これ『食べられません』って書いてあるよ」

「やだ、秋山さん。それは乾燥剤ですよ」

「あ、そうか。そうだよな」

また、秋山が女性をからかっている。それを聞いていた本田が、

「ハハハ、秋山さんておもしろい人ですね。前からそう思ってましたけど」

少し休んだところで、次に建物の設備や構造の専門的な話になった。高齢者向けの集合住宅であるから、各種の設備は福祉住宅アドバイザーである秋山の専門である。一般の住宅との違いなどをていねいに説明していた。秋山は冗談も言わないで真剣である。そして、木村の専門分野である構造設計は名古屋にある協力事務所に外注することになるが、そのときの注意点などをいくつか話した。かなり充実した時間を過ごし、六時近くになって打合せが終わった。


本田も、この後すぐにホテルに行っても仕方がないし、三人が会う機会もめったにないので、いっしょにめしを食いに行こうということになった。秋山がときどき昼めしを食いに行く、会社から七、八分のところにある居酒屋に向かった。最初に、木村と秋山が生ビールを、本田はサワーを注文した。最近は、なんでもかんでもビールからということではないらしい。いくつか料理を注文し、つまみながら雑談をする。こうやって三人で飲むと

いうことは初めてだ。いろいろとプライベートな話も出る。聞くと、本田は愛知県出身で県内の高校、大学を卒業した後、住建興業に就職し名古屋支店に配属になった。愛知県外に住んだことがないと言う。すると秋山が、

「名古屋じゃ、『ウメャー』とか言うんだろう」

と言うと、本田は、

「いや、僕はそういう言い方はしないですよ」と澄ましている。

「普段言わなくてもいいから、ちょっと言ってみろよ」

「他の人はともかく、僕は言わないですよ」

「なんだよ、つまんねえヤツだなあ」

と言って秋山は笑っている。二人の話を聞きながら、木村はメニューを見て、本田に、

「このスイカっていうのを注文してみるか」

「エッ、居酒屋にスイカなんかあるんですか。飲みながらスイカ食ってうまいかなあ」

「スイカって、あの畑になってる野菜だか果物だか知らないけど、あれじゃないよ。イカだよ、イカ。スダコっていうのがあるだろう。タコじゃなくてイカだから酢イカだよ」

「ああ、酢イカですか。なるほど」

と納得した様子だ。そして、しばらくして酢イカとその他の物が運ばれてきた。

「ちょっと食べてみて」

木村に言われて、本田が酢イカにハシをつける。

「なんだか、あまりパッとしないですね」

つまり、それほどうまくはないと言ってるわけだ。次に、いっしょに注文した牛肉のたたきを食べる。

「アッ、これいけますよ。ウメャー」

すかさず、秋山が、

「なんだよ。ウメャーって言ってんじゃねえかよ」

と言うと、本田はあわてて、

「アッ、いけねえ。言っちゃったよ」

三人で大笑いだ。


建物の見学は、この建物を建築した東京支店の副支店長を通じて、前もってお願いしておいた。時間は、午後一時から三時までの約束である。当日、木村たち三人がＪＲと私鉄を乗り継いで最寄り駅に着いたのは、昼少し前であった。ここから十五分ほどバスに乗らなければならないので、その前にめしを食っていくことにして、駅前にあるそば屋に入っ

た。秋山と本田はかつ丼、木村は親子丼を注文した。食い終わって、本田は、

「名古屋のかつ丼とはずいぶん違いますねえ。これはこれでうまいけど」

と言う。木村は、名古屋に行ったときに食べたかつ丼の味を思い出していた。

高齢者ホームは、バスを降りてから二、三分の所にあった。なかなかシャレた建物で、リゾートレジデンスの趣きがある。外観をザッとながめてから、広いエントランスの横にある受付に声を掛けると、職員がすぐに対応してくれた。そして、廊下をはさんで事務室とは反対側にある応接室に通された。きょう案内してくれるのは中年の女性職員で、もらった名刺には『主査』とある。

最初に、この高齢者ホームのパンフレットを渡されて説明を受ける。建物は鉄筋コンクリートの四階建てである。間取りは、一階に職員事務室、応接室の他に、厨房、浴室、多目的室などがあって、入居者の家族用に面会スペースを広くとってある。二階には食堂と医務室、相談室があり、その他は居住室である。そして、三階と四階はすべて居住室になっている。間取りについてはこれまでに設計図で確認しておいたが、パンフレットには各室の写真が載っているのでわかりやすい。

居住室はほとんどが一人用の個室であるが、二人用の部屋が二室あり高齢者が夫婦で入居できるようになっている。居住室にはすべてトイレと小さな洗面所がついているが、浴

室はないので一階の共用浴室を使うことになる。それも、曜日ごとの交代制なので、風呂に入れるのは週に何回かであり、いつでも好きなときに入れるわけではない。

秋山も本田もそうであるが、木村にはこうした高齢者用の施設に入っている者が身内にいないので、入居者の普段の生活の実態がつかみにくい。


パンフレットなどを使った説明が一通り終わって応接室を出た。そして、一階から順番に各室を案内してもらう。多目的室の前には、スケジュール表が貼ってあった。毎日、軽い運動や趣味の会などの活動をやっていて、参加者もそこそこいるそうだ。エントランスから続く面会スペースに行くと、そのときは一組の面会があり談笑していた。職員は、休日にはけっこう面会者の多い日もあると言っていた。

二階に上り食堂に行くと、部屋はオープンな感じであり外壁面も全面ガラス張りで外の眺めがいい。壁には、一週間ごとの献立表が貼ってある。こういうところでは、食事はひとつの大きな楽しみなんだろうと思った。部屋を見渡すと、窓側のテーブルの所に二人の高齢女性が腰かけて話し込んでいる。そして、テレビの前には男性がひとりポツンとすわって見入っていた。個室にひとりでいても退屈なのかもしれない。職員に聞くと、入居者は一日中建物の中にいることが多く外出する機会はあまりないらしい。

居住室は三階にある個室が一部屋空いているので、室内を見せてもらった。この部屋も入居希望者がいて、先日家族で見学に来たそうだ。三階の廊下を歩いていると、反対側から杖をついた入居者の男性が歩いてきてエレベーターに乗った。食堂か面会室にでも行くのだろう。それとも、今は多目的室で何かやっている時間帯だろうか。

個室はほとんどが同じ作りで、入って直ぐの所にトイレと洗面所があり、小さなクロゼットが作り付けになっている。ベッドが備えられており、他にテレビや小さなテーブルを置いたりするくらいのスペースはある。部屋は、浴室のないワンルームマンションと病院の個室の中間くらいの感覚である。

木村は、ここでの生活を思い浮かべてみた。居住室は広くはない、狭いと言ってもいいかもしれない。短期間ならともかく、長く暮らすことを考えるとちょっと切ない思いがする。でも、その中だけで生活が完結しているわけではなく、食事は食堂に行く、多目的室での活動もできるし、家族などのある人は面会者もいる。だから、建物をもっと広く使うことはできる。それでも、仮に何十年か後に自分がそういう境遇になったときに、そこの生活に馴染めるだろうかと考えてみたら、あまり自信を持てなかった。

自分はいま、家族と一緒に３ＬＤＫのマンションに住んでいる。もう一部屋くらい欲しいと思うことがあるけれども、それでも、現状に大きな不満があるわけではない。たぶん、部屋が増えてもそれだけ物も増えて同じような暮らしになるだけかもしれない。それは、生活の仕方の問題なんだろう、と思った。以前、家電製品を買い替えたとき、納品に来た若い社員が木村のうちの部屋を見回しながら、

「広くていいですね。うちは五畳一間です。…寝るだけですけど」

と言っていたのを思い出す。家が広いかどうかは人数にもよるが、それぞれの生活スタイルによってずいぶんと違ってくるものだ。そう考えて、遠い将来の暮らしを想像してみた。

8

東京支店の営業の千葉課長補が珍しく大きい話を持ってきた。好成績を挙げている秘訣を聞かれ、「地道にやってるだけだ」と答えたあの千葉亮である。千葉は、戸建住宅を中心に営業活動をやってきた。住建興業は会社全体では、圧倒的に戸建住宅の受注が多い。しかし、大都市部では戸建て以外の建物の受注も多くて、これらは一件当たりの金額も比較的大きいから、各支店の業績にも大きく影響する。千葉が最近注文を取った顧客の一人が自分の住宅の出来ばえに満足して、知り合いを紹介してくれたのだ。

その知り合いの家は東京の下町に何代も前から暮らしていて、まあまあの広さの土地を持っている。そして、その土地を有効活用するために、賃貸マンションを建てようと計画している。と言っても、無条件に注文をくれるわけではない。これから住建興業で設計を行い工事費を算出して、これらが顧客の条件に合ったときに初めて注文をもらうことができる。今は単にスタートラインに立っただけなのだ。

営業の千葉課長補にはこういった建物のノウハウがあまりないので、営業活動はこの種の建物の実績が多い西山課長補と共同でやることになった。そして、住建興業としては受注金額が大きいので、支店長もかなり力を入れている。デザイン設計の担当者は東京支店技術課の川田係長で、構造部分の設計は協力設計事務所に外注することになるが、いつものように本社の木村が構造設計の計画や調整をすることになった。

賃貸マンションは、設定できる家賃と工事費の関係が重要であって、赤字になるようでは建てる意味がない。もっとも、税金対策のためにわざと赤字にしてしまうケースもあるようなのだが…。工事費はできるだけ抑えたいが、貧弱な建物では入居者を獲得するのは難しくなるから、そこのところのバランスが求められる。設計のうでの見せどころであるし、同じ設計内容であってもいかに低コストで工事をするかにかかっている。

住建興業では、自前の職人たちをかかえていない。ほぼ全ての工事を下請けに発注している。ただし、全部を一社に任せるようなことはしない。一般的なのは、建物本体の工事と、各種の設備工事として、電気工事、給排水工事、ガス工事というように、それぞれの専門工事業者に発注し、その全体を管理し取りまとめをしているのが元請けの住建興業である。だから、決して丸投げ建設などではない。まあ、住宅メーカーにはよくある形態だ。

営業と設計の担当者が決まったその日から、受注活動大作戦が始まった。デザイン設計担当の東京支店川田係長は、顧客の希望を聞きながら建物の間取り図や完成予想図などを作っている。ただ、顧客はあくまでも素人なので図面だけではなかなか建物のイメージがつかめない。そのため、建物の模型を作ったり、建材や設備メーカーのショールームに連れて行ったり、普段はあまりやらないことまでやってこの受注活動に全力をあげている。

構造設計担当の木村も活動の一翼を担わなければならないので、いかにして低コストの設計ができるかを研究している。そして、これまでに採用したことのない工法もいくつか検討対象としてみた。

そんなある日、安田建材工業という建材メーカーが新しい工法を売り込んできた。鉄筋の組立てに使う画期的な工法で、組立てのコストを二十パーセント程度削減できるということだった。担当者の訪問を受け、その説明を聞いた木村は興味を持った。いま受注活動中の建物の設計に採用できるかどうか、考えてみた。資料をよく見て理屈はだいたいわかったが、しかし、工事の実例を見てみたい。安田建材工業の担当者に相談してみると、ちょうど今、他の会社で工事をやっている物件があるので、そこの責任者に見せてもらえるよう頼んでくれることになった。

建設会社は、社外の者にはあまり工事の様子など見せたがらないが、特別に便宜を図ってくれた。構造設計の外注を予定している長谷川建築設計事務所の所長も、いっしょに行くことになった。工事現場の都合では、二日後の午前中がいいということだ。連絡をもらったちょうどその日、長谷川所長が住建興業にやってきたので、行く時間の打合せをする。

木村の方から、

「午前中がいいって言うから、こっちの朝礼が終わったらすぐに出かけようと思うんですけど」

「朝礼って、どのくらいかかるんですか」

「まあ、十分程度ですよ。九時からだから、ちょっと長引いたとしても遅くても九時半には出られます」

「わかりました。じゃあ、現地に十時半ということにしましょうか。ところで、住建さんの朝礼ってどんな事をやるんですか」

「ごく普通の朝礼です。連絡事項があって、その後、簡単に研究テーマの発表があるんですよ」

住建興業では、役員以外の全社員が研究テーマを持っている。自分の仕事に関係する内容ならばテーマは自由で、毎年度初めにそれぞれ上司と相談して決める。その進行状況を朝礼のときに、毎日ひとりずつ交替で発表することにしている。

「へえ、なかなかいい事やってるんですね。…私の知り合いの設計事務所は、東京宅建の仕事をやってるんですけど、あそこの朝礼はすごいんだそうですよ」

東京宅建というのは、土地活用で、地主を見つけてきて賃貸の建物を建てさせ、それで収益をあげている会社で、けっこう業績がいい。

「すごいって、どんなふうに」

「よくは知らないですけど、なんでも一日のエネルギーの半分ぐらい使ってしまうような朝礼をやるんだそうです」

木村は、どんな朝礼かだいたい想像できた。実際にそういう会社もあるんだな、と思った。そして、そんな会社はご免だとも思った。学生で就職活動をしているとき、会社案内に、ウドンを食いながら事務の仕事をしている写真を載せている会社があったが、その意図が今もよくわからない。そのとき、同じ学科のヤツと、

「おい、こんな会社、やだな」

「おれだって、やだよ」

などと言い合っていたのを憶い出していた。


工事現場を見に行く日がやってきた。朝礼を終えてまもなく、電車の遅れなども考えられることから、少し早目だが出かけることにした。待ち合わせの時間よりも十五分ほど早く現地に着くと、安田建材工業の担当者はもう来ていた。それから二、三分で長谷川所長も来た。安田建材の担当者はすぐに、現場を見せてくれる建設会社の監督を呼びに行った。

監督が来ると、木村は「あっ」と思った。監督も木村に気付いた。二人は知り合いだったのだ。監督は、木村が住建興業に入社する前にいた設計事務所と、事務所どうしの付き合いがあった別の設計事務所の所員だった。その後、二人とも転職して、木村は住建興業に、そして監督の坂本はこの建設会社に入社したのだった。お互いに、

「いやあ、奇遇ですね。ひさしぶりだなあ」

と言って、なつかしく思ったのだった。

結局、いろいろな理由でこの工法は今回は採用するに至らなかったが、その後のもう少し小さい建物で試してみることにした。そして、現場を案内してくれた監督の坂本とは、たまに連絡を取り合う間柄となった。秋山や佐々木たちのようなわけにはいかないが、半年に一回ぐらいはめしを食ったり、差し支えのない範囲で技術的なことを教え合ったりするようになった。現場で坂本に会ったことは全くの偶然だったが、その後の関係を見ると、そこになんらかの必然性もあったのではないかと木村は思った。以前は、木村と坂本は単に顔見知りというだけで親しいというわけではなかったからだ。

木村の方でもこんなことをやりながら検討を進めているうちに、川田係長のデザインの設計も完成に近づいていき、工事費の見積りをする段階になった。見積りは、下請けの各業者ごとにやらせて、それを集約して調整するのが住建興業の役割である。各業者を支店

に呼んで説明会を開き、設計図とそれぞれの見積り条件を渡している。そのときには、各担当者のほかに支店長も出席して、「今回は特に予算が厳しいので、協力よろしく頼みます」と強調していた。

それから三週間ばかりで、各業者から見積りがあがってきた。…予算オーバーである。設計の仕様などを見直さなければならないのか。だがまてよ、設計の質を下げれば工事費が下がるのは当り前のことである。質を保ったまま金額を下げることこそ、本領発揮というものだ。

そこで、各業者と交渉をすることになった。工事費の中で最も比率が高いのが、設備工事などを除いた建物本体の工事費だ。今回の本体工事は、住建興業の下請けとして二十年以上の実績がある佐田山建設を予定している。全ての見積りが出そろった二日後に、佐田山建設に東京支店へ来てもらった。来たのは、佐田山社長と建築担当の課長で、実質的に見積りを作った責任者はこの課長である。住建興業からは支店長と設計担当の川田係長、そして木村も出席することになった。さっそく、支店長が険しい表情で、

「今回は予算が厳しいって言っただろう。こんな見積りじゃ全然だめだよ」

佐田山社長も覚悟はしていたけれども、そこは交渉だからそんな素振りも見せないで、

「うちも、相当に勉強したんですけどねえ」

と引く様子もない。支店長も負けない。

「本当の勉強っていうのは、ここから始まるんだよ。もう少しなんとかしてよ」

「この前、予算が厳しいって聞いてたから、清水の舞台から飛び下りるつもりで見積り出したんですよ、うちは」

「えっ、清水の舞台？　じゃ、もう一回飛び下りてよ。この工事が取れるかどうかは、おたくにかかってんだよ」

佐田山社長は、飛び下りるつもりでと言ったのに、支店長はもう一回飛び下りろと言っている。過酷な要求だ。すると、佐田山社長は譲歩した姿勢を見せながら、

「まいったなあ、支店長は。でも、お世話になってる住建さんの言うことだから、もう少しなんとかがんばってみますよ」

と言って帰って行った。

会社に戻る途中で、例の課長が佐田山社長に向かって訴える。

「我々もぎりぎり頑張って見積り出したんですよ。決していい加減な見積りじゃない。それなのに…」

「うん、よくわかってるよ。アンタのやることだから、見積りとしてはちゃんとしたもの

だろう。でもな、住建さんにはずっと世話になってて多少は儲けさしてもらってるし、厳しいときには協力しないとな。うちも赤字というわけにはいかないけど、今回はぎりぎりのところでやろう。会社がまあなんとかやっていけるのも、ほとんど住建さんのおかげだしな」

そこまで言われれば、課長も納得せざるをえない。実際、佐田山建設の売上げの三分の二は住建興業からの受注によっている。儲けが少なくなればボーナスには影響するかもしれないが、きちんと仕事をしていれば毎月の給料はちゃんともらえる。工業高校の建築科を出て、ふたつの会社を経験したあと佐田山建設に入社したこの課長は、今も五、六人の同級生とつきあいがあるが、中には会社をリストラされたり給与カットに会って苦労している者もいる。生活が成り立ってるだけでもいいとしなけりゃな。がんばってれば、また少しはいい事もあるだろう、と思った。

佐田山建設が帰ったあと、木村が支店長に話しかける。

「支店長も、すごいシビアですね」

「あたり前だよ。おれのことを『こんちくしょう』だの『死にそこない』だのって言うやつがいるけど、おれは甘くないよ。非情っていう意味では住建興業で一番だ」

今築支店長も、自分がどう呼ばれているのかちゃんとわかっているようだ。だいたい、今築渉《いまづきわたる》なんて名前はだれでも「今築渉《こんちくしょう》」と読めてしまう。さすがに今は本人を目の前にしてそう呼ぶ者はいないだろうが、子供のころはそう呼ばれたにちがいない。木村だって子供のときには、名前に「村」がついているので「村人」なんて呼ばれた。もちろん木村も負けてはいない。そんな風に呼んだ春日君には「このカスが！」とか、伊達君には「伊達《イタチ》！」とか言ってやり返していた。子供どうしのたわいのない話だ。

「こんちくしょう」はだれにでも直ぐわかることだが、「死にそこない」の言われについてはあまり知られてはいない。つまり、一部の者しか知らない話だ。今築支店長は、若いときある建設会社で、ベテランの現場監督に付いて監督補助の仕事をしていた。そしてあるとき、現場の点検をしていて工事の不具合を見つけた。その様子を詳しく調べようとしたとき、事故が起こった。材料の取り付けが不十分だったために、そこがくずれて今築を直撃したのだった。直ぐに助けだされ救急車で運ばれたが、一時的に意識不明になった。さいわい、まもなく回復し脳には異常はなかったが、そのときの後遺症で今もたまに足が痛むことがあるそうだ。今築支店長は、「おれは死にそこないだからな」なんて自分で言ってるくらいだから、気にしているわけではない。木村も、この話は東京支店の技術課長から聞いて知っている。

「死にそこない、けっこうじゃないですか。生きそこないよりは、はるかにいいですよ」

木村が言うと、支店長はちょっとうれしそうな顔をして、

「お、生きそこないよりはいいか。君はいいこと言うなァ」

人はだれでも、それぞれの生き方を見つけなければならない。決して、人生を生きそこなってはならないのだ。

「ところで、木村君の方はどうなんだ。もう少しコストダウンできるいい設計ができないのか」

今度は木村の方に矢が向かってきた。木村は「しまった」と思った。早く話を切り上げればよかった。しかし、ここであわてる様子を見せてはならない。

「いくつか新しい工法を採用して、効率のいい設計ができるように検討してます。それで建物の安全性を確保したうえで工事費をできるだけ抑えた設計を目指してます。いくらコストダウンのためでも、安全性を無視した『耐震偽装』みたいな事は絶対にできないですからね」

だいぶ前に発覚して、日本中にたいへんな影響を与えた「耐震偽装事件」を持ち出してみた。すると、支店長は敢然として、

「そりゃあ、当り前だ。そんな事をやったら大変な事になる。やせてもかれても、このお

れはだなぁ…」
と言って、そのあとは何も言わなかった。木村は、その言い方と表情を見て、この支店長はどういう困難に直面しても不正な事をやる人間ではないな、と直感した。

住建興業の中でも特にデザイン力にすぐれているとみんなが認める川田係長がいつにも増して力を入れているだけあって、すばらしい設計が出来上がりつつある。木村もプレゼン用の設計図を見せてもらったが、なるほど、今までに見たこともないようなデザインである。斬新であるが決して奇異ではない。人目を引くが刺激的ではない。これなら、顧客も気に入るだろう。部屋を借りたいと思う人も多いにちがいない。そして、業者たちの協力もあって、工事費の方もなんとか予算内に納まりそうだ。よし、自信を持って提示できる。今日こそ、なんとか仮契約だけでもしてもらおう。

そう思って顧客のところに出向いた。説明するのは川田係長、そして交渉ごとは営業の千葉課長補と西山課長補である。構造が専門の木村は、顧客と直接やり取りすることはめったにないし、契約交渉にも参加したことはない。今回もそうだ。だから、後から川田係長に聞いた話だが、そのときの顧客の様子では、本当にいい設計だと感心していた。予算もクリアできているし決めてもらえるものと思い、契約の話をすると、顧客は少し考えている。そして、「悪いけど、もうちょっと待ってくれるかな。一週間ぐらいで返事をするから」という話だったそうだ。交渉にのぞんだ三人は、どうもふに落ちないので、「どういうところが問題ですか」と聞いても、「いや、特に問題があるわけじゃないけど」と言ってお茶をにごすばかりだったそうだ。仕方がないので引き下がって、もう少し待つことにした。

三人は会社に戻ってから、支店長を交えて協議をした。しかし、どうも顧客の真意がわからない。本当に契約する気があるんだろうか。建物の注文をしようとするときには、特定の建設会社や住宅メーカーを決めて、そことだけ交渉をしていく客もいれば、A社が本命でB社C社には参考のための見積りを出してもらおうとする客もいる。中には、複数の会社に契約をにおわせて、さんざん受注作業をやらせるような豪の客もいるから、なかなか大変である。

「本命は他にあって、うちは当て馬じゃないんだろうな」

支店長が言うと、千葉課長補は、

「いや、絶対にそんなことはないと思いますよ。…うちの設計が本当に気に入ってるようだったし」

と言いながらも、少し不安げな様子だ。

「じゃ、何なんだ。何か言ってくれなきゃ、やりようがないだろう」

みんなが疑心暗鬼になりかかっているときに、ありうべからざる情報が東京支店技術課の若い社員からもたらされた。この社員の兄が家庭を持って、いま折衝中の顧客と同じ町内に住んでいる。この兄の家に、思い当たらないＦＡＸが届いた。宛先は自分の知らない名前だが、中味を見ると工事費の概算見積り額と簡単な設計図が付いている。そして、そこに書いてある住所が自分と同じ町名だがＦＡＸ番号が最後の二桁が逆である。発信元は「山水《さんすい》住宅・城東支店」とある。…まちがいＦＡＸだ。自分の弟の会社とライバル関係にある会社から届いたこのＦＡＸを、すぐに弟に教えてやった。この若い社員は、自分の上司である川田係長が受注に全力をあげている顧客であることがわかって、さっそく川田に報告した。川田は思った。「やっぱりそうか。他の会社にも見積りをさせていたんだな」

賃貸マンションを建てるのだから、その時期はいつでもいいわけではない。新年度の四月に入居できるように建てるのがいちばん効果的だ。そのためには、もうそろそろ決定しなければならない。ライバルの山水住宅に見積りを依頼したとしても、ＦＡＸにある内容から判断すると、これから設計に入るようではとてもその時期には間に合わない。それに、その見積り金額はあくまで概算であるが、住建興業がきちんと作った見積りと大きくは変わらない。設計内容も比較にならないほど違う。これではっきりした。住建興業はあくまでも本命であるが、顧客は参考のために他の会社の見積りを取ったのだ。みんながそう判断した。もうひと押しで決めてくれるだろう。このＦＡＸ事件の翌日、顧客から営業の西山課長補に電話があった。

「住建さんにお願いすることに決めたから、契約の準備を進めてほしい」

みんなが頑張った甲斐があった。

9

住建興業にとって、大きなプロジェクトが決まった。本社ビルを新築するというのだ。住建興業発祥の地は、現在の東京支店がある銀座八丁目である。そこで、小さなビルからスタートし、五年後にはそのすぐ近くに本社ビルを建てた。その建物が今の東京支店が入っているビルである。創業から順調に業績が伸び建物が手狭になったので、本社ビルの建物を東京支店に譲り、本社は東京駅から歩いて十分ほどのところにある現在の安友不動産ビルに入居したのである。このビルは九階建てであるが一階当たりの面積が比較的広くて、住建興業はそのうちの三階部分と四階部分を借りている。

東京の銀座は、一丁目から八丁目まである。一番北側が一丁目で、次に二丁目、三丁目と順番に整然と並び、一番南側が八丁目である。そして、現在の本社がある場所は銀座一丁目のすぐ北隣りに位置している。東京駅にも近いし、とても恵まれた場所である。木村も、早く帰れるときには、ちょっと銀座をぶらついてみることがある。もっとも、ぶらつくだけであって、銀座で買い物をすることはほとんどない。それでも、裏通りなどを歩いていると、木村にも買える手頃な値段のちょっといい物を見つけることがある。そのためということではないが、木村も、そして他の本社の社員たちも今の場所に満足している者が多いようだ。

これまでにも、本社ビルの新築計画は、社名変更の計画と同じように何度かあった。そのために、設計のスタディはある程度したことがある。ただ、そのときは決定的な必要性がなかったために、実現にいたらなかったのだ。

会社名も、老舗企業であるためか、やや古めかしい名前だという指摘が、社内だけではなく顧客からも上がってきていた。そして、社員アンケートで取って代わるべき社名を調査したこともある。それでも、「住建ホーム」とか「住建ハウス」とか、あまり変わらないような名前しか出てこなかった。そうでなければ、会社の内容が全然つかめないような荒唐無稽な名前を書いた者もいたらしい。いずれにしろ、社名を変えるほどのすばらしい名前は、いまのところ発見されていない。そういうわけで、本社ビルの新築も社名変更の件もずっとそのままになっていたのである。

ところがこのたび、今の本社が入っている安友不動産ビルの建替え計画が持ち上がった。この建物もやや古くて、耐震強度上も十分とは言えない。そのため、オーナーの安友不動産がもっと高層で最新の技術を駆使したビルを建てようと計画したのだ。当然のことながら、建替えとなればテナントは出ていかなければならない。このビルは、少し古いことから賃料が抑えられていることと場所が良いことから、現在は空き室がない。住建興業のように二階分を借りている会社もあれば、一階分に何社かが入っている階もあって、全テナント数は十数社であり、オーナーは全ての会社と立ち退き交渉をしなければならない。たいへんなエネルギーが必要だが、退去を要求される方だってものすごく困る。おそらく、こんなビルなんか早く出ていきたいと考えている会社はないはずだ。こういう場所で同じくらいの賃料で借りられるビルなんか、ほとんどないからだ。

このビルも現時点で耐震強度が不十分だとしても、築年数や建物形状から言って必ず建替えをしなければ耐震性能を保てないとは限らない。と、木村は思った。類似の建物では、耐震補強工事を行って必要な性能を確保しているものも少なくない。ただしその場合、一部に使い勝手が犠牲になったり、見栄えが悪くなったりすることもあるが、しかしそれも、うまくデザインすることでかなりカバーできることでもある。この耐震補強工事と同時に、建築設備や内外装材のリニューアルも行って、ビルを新しくよみがえらせることも可能である。現在のストックを生かした新たな価値の創造ということだ。

だが、安友不動産の論理は、そういうこととは別の所にある。今のビルをリニューアルしても、現在のテナントから高賃料を取ることは難しいのだ。だから、早く取り壊して賃料の高い高収益ビルを作りたいのである。それは、経済の論理から言ってわからないことではないが、一方的でもある。

立ち退きのための交渉が始まったが、オーナーの安友不動産だってすぐに決着できるとは思っていない。勝手な都合で出ていってくれと言うのだから、それに相応する補償もしなければならない。こういう場合、比較的早くほかを見つけて引越していく会社もあれば、長期にわたって交渉を続ける会社もある。大家の立場から見れば、ほとんどの会社が立ち退いて空室になっているのに、ひとつふたつの会社が延々と残っていたのでは、それだけ賃料収入が乏しくなり経営に影響を及ぼすことになる。だから、都合のいいタイミングで全部の会社が一斉にいなくなってくれるのが一番いいのだが、そんなにうまくいくわけがない。このたびの交渉でも、弁護士を介してかなりもめている会社もあるようだ。

住建興業では、この立ち退き要求をチャンスととらえた。これでやっと本社ビルの新築に踏みきれる。だが、交渉事に手の内を見せてはならない。オーナーの安友不動産には、住建興業としてはあくまでも今の場所で業務を続けたいという強い意志表示をしておいた。もちろん、立ち退きのための条件を有利にするためだ。

老舗企業だけあって、住建興業は、あまり広くはないが土地を何箇所か持っている。都合のいいことに、銀座二丁目の裏通りに面した場所にある少し古くなった建物二棟とその土地を、かつて羽振りの良かったときに買っておいた。隣り合っているそのうちの一棟は三階建ての建物で住建興業が一部を倉庫として使っているが、半分くらいは空いている。もう一棟も三階建てであるが、小さい建物で設備工事の業者に貸している。この二棟とも今では老朽化が進んでいて、なんとかしなければいけないという状況にある。

だから、新本社ビルの建設場所はここ以外にはない。さっそく、本社ビルの計画作業に着手したが、単に今の本社が入居できる建物を作ればいいということでもない。土地の広さの問題もあるし、建設費用も捻出しなければならない。技術部の渡辺部長や設計課長を中心にしていろいろな設計案を作り、本社役員会で何回も説明をしたらしい。それでもなかなか決まらない。そうして前途に道筋が見い出せなくなっていたとき、取締役でもある東京支店長からの提案が解決に導いていくことになった。

今の東京支店は元の本社ビルであり、この建物もかなり古くなっている。木村もときどき東京支店に行くことがあるが、階段の踏板など相当にすり減っているし、一、二回乗ったことのあるエレベーターもがたがた揺れてもう恐くて乗れない。この建物ができた当時の写真を見たことがあるが、周囲を圧倒するくらいのモダンな建物だった。その写真というのは、その当時のある雑誌に掲載されたものだった。それが今は、まわりから取り残されたような建物になり、だからと言って文化財などからは遥かに遠い存在である。東京支店長の提案は新しい本社ビルと東京支店を合体させるというものだった。そうすれば、東京支店の土地を売って建設費にあてることができる。

すぐにその方向で設計案を作り直し、二つの案を役員会に提出したところ、そのうちのひとつが大筋で承認されることになった。それによると、例の銀座二丁目の古い建物は二棟とも取り壊すことになる。新しいビルに東京支店が同居するためには、現在自社が使っている建物一棟の土地だけでは無理なのだ。しかしながら、もうひとつの建物は他の業者に貸している。その業者には、退去、移転してもらわなければならないが、突然そんなことを言われても困るだろう。ちょうど、住建興業の本社が安友不動産に退去を要求されているように。

それからというもの、住建興業には、本社の移転を要求される一方で建物を貸している業者に退去を求めるという困難な業務が課せられることになった。そのうえ、本社ビルの設計を秘密裏に運ばなければならない。非常にアクロバチックで、どれかをしくじったら、全体がうまく行かなくなってしまう。もちろん、時期をみて、安友不動産には本社ビルの新築計画を伝え、必要な設計や工事の期間を確保しなければならない。交渉のやり方しだいでは、安友不動産から受け取れる補償金が不十分で、逆にテナントの設備工事業者に支払う金額が過大になってしまうということもありうるが、絶対にそんなヘマをしてはならない。これは交渉事だから、ネゴシエーターとしての能力が全てと言ってもいい。

この交渉の実務上の責任者になったのが、不動産課の山崎課長である。不動産課は以前は不動産部として独立した「部」だったのだが、しだいに縮小され、今では業務部の中のひとつの「課」として存在している。人数も、課長を含めて三人となってしまった。山崎課長は不動産業務ひと筋で、かつては、安友不動産のような大手ではないものの中堅の不動産会社に勤務し、市街地再開発などに腕を振るっていた。それが、中年になって体をこわし、そのうえ家庭の事情もあってその会社を退職した。健康をとり戻して、どうするか考えているときに、住建興業からスカウトされたのである。そのときにはすでに、不動産課は業務部の中の課となっていたが、課長が定年退職して後任を探していた。残った社員ではあまりにも若く経験不足で課長候補者がいなかったのだ。と言っても、外部から来た者をいきなり課長というわけにもいかないので、最初は課長補ということにして課長は置かなかった。そして、山崎は一年後に課長となった。

山崎が来る前の不動産課は、いずれは消滅するのではないかと思えるほど停滞していた。それが山崎によって一変した。木村の目から見ても、前の不動産課長と山崎とでは目付きが違っていた。さすがに、その実力が大手の不動産会社でも知られていた人物だ。そして、不動産課は徐々に業績を上げていき、不動産部門全体としても黒字化が見込めるところまで来た。

山崎課長は策略家である。そして、山崎にはどんな条件でも自分に有利な方向に持っていく独特な能力がある。本社が入っている安友不動産ビルも新しい本社ビル建設予定地の銀座二丁目にある住建興業所有の建物も、耐震性という意味では不足している。どちらも、補強なり建替えなりの手を打つ必要がある建物だ。そこをうまく利用したのだ。安友不動産に対しては、建物の耐震性を確保するのは所有者の責任であり、それが足りないためにテナントは出ていかなければならないのだから、オーナーには十分な補償をする責任があると主張した。一方で、自社の建物に入っている設備工事業者には、その建物の耐震性は低く、耐震強度を確保するには建替え以外に方法がないとして、住建興業が社会的な責任が果たせるかどうかは、その業者にかかっているとし、強く移転を求めた。

設備工事の業者とは、二ヶ月ほどで話がまとまった。業者は、補償金を上乗せすることと住建興業が移転先を探すのを手伝うということで納得し、そのあと、ちょうどうまい物件が見つかってそこに移っていった。これは、初めから山崎課長が予定していたことで、補償金を上乗せするために最初は低めに提示していたし、移転先の物件もあらかじめいくつか探しておいたのだ。

もう一方の交渉相手である安友不動産はさすがに簡単ではない。最初に提示した条件を変えようとしない。そこで、住建興業は本社ビルの設計内容がほぼまとまりかかったタイミングをみて新築計画を伝え、移転時期の交渉に入った。つまり、補償金を譲歩する代わりに一定の期間を認めろ、というわけだ。これから設計を完了しビルが完成するまでの期間として、最低でも一年半は必要になる。安友不動産はこれにも難色を示した。それを認めれば、住建興業の本社ビルが完成しないうちは、自分たちのビルは工事にも入れない。そのうえ、住建興業がひそかに本社ビルの設計を進めてきたらしいことを察知していた。

何回目かの交渉で、安友不動産の若い担当者が山崎課長に向かって、

「今になって本社ビルの建築計画なんか言われても困りますよ。もっと早く言ってくれれば、こっちの対応も違ってたんですよ」

と、何が違ってたのかわからないような主張をする。山崎は、そう言われるのを予想していたように、

「何言ってるんですか。おたくだって、テナントに建替え計画を伝えるずっと前から設計を進めてるじゃないですか。もうとっくにわかってるんですよ。それは、テナントを全部追い出すことを前提にしてたっていうことでしょ」

「そんな、追い出すなんてことないですよ。テナントのみなさんにはよくご理解いただいてですね…」

「まあ同じことですよ。うちもその期間を認めてもらわなけりゃここから出ていくわけにはいかないんだから。それに、他のテナントさんでもかなり交渉が難航してるところがあるみたいじゃないですか。裁判まで考えてるところもあるって聞いてますよ。うちとしても、そういうテナントさんと情報共有して連係していかなけりゃならなくなりますよ」

言っている内容はかなり厳しいが、山崎の口調はあくまでも穏やかだ。

「他にも、おたくの建替え計画があることはつかんでますよ。その中には、私の知合いがいる会社が入っているビルもあるみたいですね」

そこまで聞いて、安友不動産のこの担当者はギョッとした。住建興業の課長がなんでそんなことまで知ってるんだろう、と思った。もともと、安友不動産は住建興業を軽くみていた。あくまでも住宅メーカーである住建興業の不動産課長なんてたいしたことはないだろう、と考えていた。たしかに、山崎の前任者の課長ならば、正当な評価かもしれない。それに、前任の課長ならば今回の交渉の責任者にはならなかっただろう。この若い担当者は、山崎がどんな人間か知らなかったのだ。山崎は交渉相手としては極めてタフである。しかし、だからと言って、決して無法なことや荒っぽいことをやる人間ではない。あくまでも理性的である。

山崎にここまで言われて、安友不動産の担当者は少しびびってしまった。建替え計画全体がご破算になってしまっては困る。そのうえ、他の計画まで妨害されるようになったら敵わない。

「わかりました。こちらももう少し検討してみます」

と言って、会社に持ち帰りすぐに上司である室長に報告した。その上司は、他のビルでテナントと裁判になっている物件があって、あまりこちらには目が行っていなかったのだ。

「住建興業あたりに何を手間取ってるんだ。住建の本社ビルの計画だって、補償金を上増しさせるための手かもしれないだろ。少し譲歩してやれば、『ウン』と言うんじゃないのか。いったいどういう人間と交渉してるんだ」

この上司は、最初の建替え計画の説明のときには住建興業の総務課長と会っているが、不動産課長である山崎の『や』の字も知らなかったのだ。そして、そのあとの交渉はこの若い担当者に任せていた。担当者が、

「実務上の交渉はこの人とやっています」

と言いながら山崎の名刺のコピーを手渡すと、上司の目がコピーに釘付けになった。

「なに、山崎正平！　これは一体どんな人間なんだ」

「どんなって…、年齢は室長と同年代くらいだと思いますけど。背は中くらいで、少しやせ気味です。普段は穏やかな顔つきなんですけど、ときどき目つきが鋭くなります。それ

と、右の首のところに少し目立つほくろがあります」

「そうか、間違いない。ヤツは住建興業にいたのか…　おい、とても君がかなうような相手じゃないぞ」

「えっ、このひと知ってるんですか。どんな人なんですか」

意外な展開に驚いた口調である。

「山崎はおれよりもひとつふたつ下だと思うけど、以前は中堅の不動産会社にいたんだ。直接話をしたことはないけど、いくつかの団体の会合で何回か見かけたことはあって、顔はよく知ってる。うちみたいな大手の会社にいても堂々と一線級でやっていける人間で、なんでこんな会社にこういう社員がいるんだろうなんて思ったもんだ。おれが直接関わったプロジェクトじゃないけど、工場跡地の再開発コンペでうちの会社が山崎の会社に負けたことがある。病気をして会社を辞めたっていう話は聞いたけど、そのあとのことまでは知らなかったな。それが、住建興業にいたとはなあ」

この担当者は、上司にここまで言われて、初めて山崎のすごさを知った。

「へえー、そんなすごい人なんですか。そういえば、うちの会社の極秘事項みたいなことまで知ってるんですよ。どうやって調べたんだろう。まさか、スパイでもいるんじゃないでしょうね」

「おれも前はそんなふうに思ったことがあるけど、どうもあいつはそんなことをする人間じゃなさそうなんだ。独自の情報網を持ってて、そういうネットワークを自分で作りあげる能力を持ってる人間なんだな」

「そんな人を相手にして、これからどうしたらいいんでしょう」

担当者として自分の手に負える人間ではないと知って、と、この上司にも交渉に加わってほしいと思いながら言うと、

「山崎のことだから、こっちの手の内も調べつくしてるんだろう。ヤツにかけ引きは通用しない。正攻法で行くしかない」

「えっ、それはどういうことですか」

「住建興業の条件を飲むっていうことだよ。ただし、他のテナントとの交渉にはいっさい関知しないっていうことを、山崎に約束させろ。それがこっちの条件だ」

「それは、うちの完敗っていうことじゃないですか。いいんですか」

「仕方がないだろ。これ以上住建興業との交渉にエネルギーをかけていたら、他との交渉ができない。ここはおもいきりよく譲歩して、他のテナントとの交渉で有利に持っていくんだ。ほかには、山崎みたいな相手はいないだろ」

この決断を獲得して、住建興業本社ビルの新築計画が正式にスタートした。

10

最近、佐々木は断熱技術の開発をしている。これは、良好な住環境を作るためのひとつの重要な技術だ。四季がある日本は、梅雨どきから夏にかけてはむし暑く、冬は寒い。これを、できるだけ快適に過ごせるようにするための技術で、世間でも一時期、外《そと》断熱や内《うち》断熱などでどちらが優れているかというような論争が起こった。そのとき佐々木の目からは、外断熱派と内断熱派はお互いに自分の立場を有利にするように、相手の弱点ばかりを指摘しているように見えた。そして、もっと本質的な議論をしてほしいと思った。

木村は普段から、「東京近辺の暑さ寒さなんて、たいしたことはない」なんて強がっているが、いくら木村だって夏は暑いし冬は寒い。だから、少しでもそれを緩和したいと思っているが、それが行き過ぎてしまって、一年中同じ住環境で気候の移り変わりも感じられないようなものは、かえって良くないことだと考えている。

一口に住宅の断熱と言っても、工法もいくつかあるし断熱材などはいろいろなものがある。いくら断熱性能が良くても、中には人体に有害な物質を発散させるものがあるから単純にはいかない。また、その地方の気候風土や自然環境によっても、工法や材料に向き不向きがあるし、建物が木造か鉄筋コンクリートかなどでも変わってくる。

佐々木は、それぞれの工法に適用できそうな断熱材の組み合わせを何通りも考えて、断熱性能の検証を行っている。断熱性能は計算により数値で表すことができ、断熱材や仕上材の組み合わせによって性能がかなり変わってくることがある。その計算のもとになる素材のデータを材料のメーカーから取り寄せて比較してみると、同じような材質なのにメーカーによって断熱性能がだいぶ違ったり、全然違う材質でも同じような性能だったりして、いろいろと戸惑ってしまった。メーカーで作るこういうデータは果たしてどれだけ正確でどこまで信用していいのだろうかと思い、以前やっていた仕事のことを思い出していた。

佐々木は、住建興業に入社する前は第一建材株式会社という建材メーカーに勤務していた。名前は大きいが、中小企業の部類だ。建材の中でも、木材を使った住宅用の内装材を中心に製造販売をしている会社だ。大学を卒業して入社すると、すぐに製品の試験室に配属された。品質管理課の中にある試験室にいるのは佐々木ひとりである。課長の指示や指導を受けながらなんとか仕事をこなしていたが、入社したての社員が一人だけで製品や試作品の試験をやっているのだから、会社の規模もわかろうというものだ。

温度や湿度など試験のために作った過酷な状態にさらした環境試験で、製品や試作品の性能や特性を測定したり、強度を測定するために実際に製品を壊してみる破壊試験などをやっていた。長時間厳しい環境の中に置かれた製品は、しだいに劣化していき表面が色あせてきたり強度も低下していく。そういうことを記録して報告書を作り、技術や製造の現場にフィードバックしていく。きちんと成果も出していたし、佐々木にとってはまあまあやりがいのある仕事だった。

しかし、第一建材で作っているような製品は、大手建材メーカーでも作っている。それが、実際に住宅メーカーに採用されるかどうかは重要な問題である。中小企業といえども、製品の性能は大手建材メーカーに負けないということをアピールしなければならない。そこで、これらの大手メーカーの製品を入手して、自社の製品と比較試験をやることになった。そのときに比較対象になったのは、山下建材工業と富士建材である。両社とも東証プライム上場企業で、山下建材工業は業界最大手だ。

試験をやってみると、最初はどのメーカーの製品も同じような性能を持っている。ところが、環境試験で長時間になればなるほど、これらの二社の製品の性能はわずかに低下するだけなのに、自社の製品は明らかに劣っていく。佐々木は、大手メーカーの製品と自社の製品とは相当に開きがあるということを意識せざるを得なかった。そして、ありのままの報告書を作った。

それから三、四日経って、課長から、

「営業から指示があって、報告書は報告書としていいけど、こういうものはお客さんに出せないから、うちの製品も他の二社と性能は同等でした、という報告書を作ってくれないか、と言うんだよ。まあ、ちょっとやってみてくれるかな」

という指示があった。つまり、データを作り変えろ、と言うのだ。佐々木は、そんな事をしてもいいのかなと思ったけれど、社会に出て間もない人間としてはあまり反論もできない。そして、こういう事はよくある事かなとも思った。それにしても、そんな事をしなくてはならない会社の実力を思うと、何だか寂しくなった。まだ新入社員なのに、会社員の悲哀を感じたような気がした。

そのときには、それ以上の事は考えられなかったが、それから何年か経ってからは、大手のメーカーだって根本的にデータをデッチあげるような事はしないまでも、多少の調整ぐらいはすることがあるかもしれない、と思うようになった。

佐々木はそのときの経験から、他からもらったデータは作られた背景を考えたうえ、数値などはある程度の幅をもって多少割り引いて取り扱うようにしている。そして、そのことを考慮したうえで、いくつもの断熱工法の仕様を検討した。

今日の木村は朝から快調だ。仕事がうまくはかどって、時間がたつのも忘れるくらいだ。

気がつくと、十二時直前である。「もう、めしか」と思い、午前中に終わったところを確認して、会社のすぐそばにある洋食屋の松本亭に向かった。店に入るといつもは少し待たされるが、今日は空席があった。四人掛けのテーブルに先客が二人いる。そこに相席した。座るとすぐに思いがけず佐々木が入ってきた。

「佐々木。ここ空いてるよ」

と声を掛ける。佐々木が向かいの席に座ると、

「いつもは弁当なのに珍しいな。奥さんの具合でも悪いのか」

と聞いてみた。

「いや、そうじゃないけど。毎日弁当ばかりじゃ飽きるからさあ。たまには外に行こうかと思って」

と言う。そして少し考えて、木村が豚肉のしょうが焼定食を、佐々木がミックスフライ定食を注文した。茶を一口飲んで、

「断熱工法の方はどうだ？」

木村が聞くと、佐々木は、

「仕様はなんとか決まったよ。けっこう大変だったけどな。あとは仕様書のまとめと工事の手順書だな」

と言って、一段落したような顔をしている。

そうしている間に定食が運ばれてきた。ミックスフライ定食は皿からあふれるくらいのボリュームだ。佐々木がフライの配列を直そうとしていると、はずみでキューリの一片が木村の皿の中に飛び込んできた。

「あ、悪い」

と佐々木が言う。

「なに、キューリくれるの？　どうせならキューリじゃなくて、エビフライを入れてくれればいいのに」

と木村が言うと、佐々木は、

「ハハハ、この次はそうするか」

と笑っている。

食べ始めるとすぐに、東京支店にいる先輩の深川が食事を終えて出ていくところだ。

「深川さん。今日はずいぶん早いですね」

「おう、木村君。これから出かけるから、今日は早めしだよ。なんだ、しょうが焼か。うまそうだな。おれのは、たまねぎばっかりで、肉はあんまり入ってなかったぞ」

「深川さんのは、日替わりランチのしょうが焼でしょ。私のは定食のしょうが焼ですよ。

定食の方は『豚肉のしょうが焼』と書いてあるけど、ランチの方は『しょうが焼』としか書いてないですよ。きっと、『たまねぎのしょうが焼』なんですよ」
「なんだよ。豚肉じゃなくて、たまねぎのしょうが焼かよ。しょうがねえなあ」
と言って出ていった。

佐々木の断熱工法の開発が、仕様が決まって次のまとめの段階に入ろうとしているときに、東京支店技術課の深川から技術課長を介して本社に依頼が来た。深川がいま設計中の建物で顧客から防音性能をできるだけ高くしてほしいとの要望があったので、本社の技術部で防音の高性能仕様を決めてほしいということだった。現在、技術部では防音の標準仕様を定めているが、これよりも高い防音性能を要求しているのだ。いまある標準仕様は二年ほど前に佐々木が中心になってまとめたものなので、今回の高性能仕様の作成も佐々木が適任だ。そうすると、これまでやってきた断熱工法の方はまとめを佐々木がやるのは難しくなる。

そこで、手のあき具合をみて、これを秋山が引き継ぐことになった。秋山は工事の実務に詳しい。だから、工事の手順書などは秋山の得意分野と言える。この工法をまとめるにあたっては、木村もデータの整理や資料作成を分担することになった。木村の専門は建築構造であるが、住建興業では、専門外の事をすることも珍しくない。木村も自分の専門以外の事にも興味があるし、技術の幅が拡がると思っているので、他のことも積極的にやることにしている。そして、秋山と木村の強力なコンビにより、断熱工法の仕様書と工事手順書を三週間ほどで完成することができた。それも、佐々木の検討した仕様がしっかりしていてあやふやな所がなかったためでもある。

断熱工法が完成して、佐々木も秋山も早く実際の建物でやってみたいと思い近隣の支店に声を掛けていたが、なかなか機会がなかった。そんなとき、東京支店の深川が、

「おれの知ってるやつが、西東京支店でちょうどよさそうな建物をやってるみたいだから、聞いてやるよ」

と言ってくれた。そして、その西東京支店で受注活動中でほぼ契約がまとまりかけている木造二階建ての住宅が候補になった。

新しい断熱工法を、顧客である建築主に説明し了解をもらった。顧客の中には、新しい技術をどんどん取り入れていこうと考える人と、いいのかどうかまだ良くわからないものには積極的になれない人もいる。このときには、支店の担当者の他に仕様書をまとめた秋山も出向いて説明を行い、顧客に納得してもらった。

この工法は、住建興業にとっては初めての工法であるし、下請けの工務店ももちろん経

験がない。だから、まちがいのないように慎重に工事を行わなければならない。どんなにすばらしい工法であっても、工事の方法や手順をまちがってしまったら、効果が期待できないどころかとんでもないトラブルが起こることもある。そのため、工事が始まる前に、支店の担当者や工務店に対して、秋山からていねいな説明があった。このときの工務店はなかなか熱心で、自分たちでも勉強会などをやったらしい。

工事が始まってしばらく経ち、いよいよ断熱工事の工程に入った。そして、その工事が少し進んだところで、技術指導ということで秋山が現場を見に行くことになった。もしまちがった工事をやっていたら、直させなければならない。この断熱工法は、木村もだいぶ作成に関わったので、いっしょに行って現場を見せてもらうことにした。

現場は、東京駅から中央線で一時間弱の川本駅から歩いて十五分ほどの所にある。電車は始発の東京駅から乗るので、ゆうゆうと座っていける。いつもそうだが、乗り物に乗って座るとすぐに眠くなる。その日も、初めは二人でこれから行く現場の話や雑談などをしていたのだが、まもなく二人とも居眠りを始めた。中には、電車の中で資料に目を通したり、ひざの上に小型のパソコンを乗せて文章などを作成している人もいるが、木村も秋山も、会社の中や出先でしっかり仕事をすれば移動中までやる必要はないと思っている。この前なんか、混んでいる電車の中で立ったままパソコンを手に持って操作をしている人がいたが、とても木村や秋山にできる芸当ではない。

二人が目をさましてから十分ほどで川本駅に着いた。川本市は東京といっても都心ではないので、駅前にはあまり大きな建物はなく比較的小規模な商店などが並んでいる。十一時半を少し回ったところでちょっと早いけれども、昼めしを食って行くことにする。適当な店を探しながらぶらぶら歩いて行くと、妙な店が目についた。看板に「立ち呑み」とか「ホッピー」なんて書いてあるのに、入口のドアには「なんとか不動産」とある。木村は、ここはいったい何屋なんだ、と思った。不動産屋が立ち呑み屋を兼ねているんだろうか。以前テレビで見た、ある地方の町の電気屋がうどん屋を兼ねていて、「なんとか電気のうどん部」という看板をあげていたのを思い出した。この店もその類《たぐい》だろうか。それとも、不動産屋を廃業して立ち呑み屋を始めたけれども、入口のドアだけはそのままになっているのだろうか。

そんな事を考えながら十メートルぐらい行くと、天井チェーン店の「天坊」があった。秋山と相談してそこに入ることにした。天坊の店はいろいろな所にあるから、木村もたまに入ることがある。だから、どんなメニューがあるかだいたいわかっている。店は、時間が時間だからまだがらがらだ。テーブルに向かい合わせに座って、一応メニューを見る。

木村は即座に決めてしまう。秋山は何にするか考えながら、

「何にするか決まった？」

「おれは、小天丼《こてんどん》とそばのセットにするよ」

「あ、そう。じゃあ、おれもそれにするかな」

店員を呼んで注文をする。木村が、

「小天丼とそばのセット、ふたつ」

と言うと、秋山は、

「ああ、おれは、そばはいいや。小天丼だけで」

「なに、食欲ないの？　小天丼だけじゃ、腹減るよ」

「あ、そうか。じゃあ、小天丼の大盛で」

小天丼の大盛？　木村も店員も、なにそれ？　という顔をする。小天丼というのは、普通の天丼よりも盛りが少ない天丼のことだ。それの大盛というのは？？？　…やっと店員が、

「じゃあ、普通の天丼でよろしいですか」

と聞くと、秋山は、

「あ、そうか。じゃあ、それで」

と言いながら、自分の注文が変だったことに気がついたようだ。店員も、そんな注文は受

けたことがないだろう。木村は、秋山の思考状態がわからなくなるときがある。どうしたら、そういう注文ができるんだろうか。どこまでいっても、飽きない男だ。

めしを食い終わって現場に向かう。予定通り十五分程度で着いてしまったので約束の一時にはちょっと早かったが、下請けの工務店の社長と職人が二人待っていた。さっそく建物を見せてもらう。けっこう大きい家で、敷地もそれなりに広い。顧客は金持ちみたいだ。マンション住まいの木村は、自分は将来もこういう家に住むことはないんだろうな、と思った。断熱工事は少し前に始まったばかりで、一部分だけ施工してある。工事の手順書を作った秋山が中心になって検査をする。事前の準備が良かったようで、だいたいはきちんと出来ている。材料の留付けの間隔がややばらついていることだけを指摘して検査は終わった。

その後、工事は順調に進んで、冬になる少し前に完成した。そして、ひと冬過ぎたころ、この建物を担当した西東京支店の技術社員から秋山に連絡があった。

「お客さんから電話があって、新しい家は冬がすごく暖かかった。暖房費も少なくて済んだって言ってましたよ」

断熱技術が省エネルギーにつながっているということだ。それは、地球温暖化対策でもある、と木村たちは思った。

11

渡辺部長が常務になるらしい。それを教えてくれたのは秋山だ。この男の人事に関する情報の早さにはいつも驚く。一般社員の人事だって、その本人よりも秋山の方が先に知っている、ということは度々だ。まさか、人事課と内通しているわけでもないだろう。その秘密は、秋山の社内での人間関係の広さにあるようだ。見ていると、秋山にはたいていの人間とまあまあ親しくなれる特殊な能力があるように思える。そして、誰からでも何でも聞きだしてしまう。とても木村には真似ができることではない。

技術部の部長が常務になるというのは、全社の技術社員にとってもいい事だと思う。だがまてよ、それじゃあ次の部長には誰がなるんだ。順当なところで行けば、いま副部長になっている北田ということになるが、北田は技術社員には人望があるものの、部長となるとちょっと非情さが足りないような気がする。それに年令もすでに五十八だ。渡辺次期常務の意向では、少し若返りを計りたいようだ。そうすると、候補者は本社の技術課長か設計課長、もしくは各地区を担当している五人の技術管理課長のうちのだれかということになる。いくらなんでも主任や係長をいきなり部長にするなんてことは考えられないから、それ以外にはないだろう。

渡辺部長の常務就任の件がわかってから一週間後、新しい部長の人選のことで情報をもたらしたのは、またしても秋山だ。まったくコイツは、スパイでもやってるんじゃないかと思えるほどの情報通だ。木村に向かって、

「おい、次の部長はどうも高波課長らしいぞ」

「なんだ、高波さんかよ。そうすると、北田副部長とか他の課長たちはどうなるんだろう、と言うよりも、どうするんだろう」

木村にとっても、高波課長が次期部長というのは、ちょっと意外だった。なにしろ、渡辺部長もいつか、自分の後を誰にするか考えながら、「高波あたりは、どうも人格に厚みがない」なんて言ってたからだ。

高波課長は関東地区を担当している技術管理課長で、次期部長候補の各課長の中では下から二番目に若い。と言っても、五十代ではあるが。木村の目から見ても、最も部長にふさわしい人物とは考えにくい。渡辺次期常務もどういう理由で高波課長を選んだのかわからないが、そんな事は聞くわけにいかないから、謎は深まる一方である。しかし、高波新部長で決まりだとすると、北田は副部長のままなんだろうか。それとも、どこかの支店長にでもなるんだろうか。あまり支店長というのは似合わないような気もするが。ともかく、比較的温厚な北田副部長でも、格下である高波新部長の下に甘んじているような人物では

なさそうだ。他の課長たちだって、内心は穏やかではないだろう。

それから少し経って、正式な人事発表の前日、朝礼で次期常務である渡辺部長から、高波課長を次期部長とするという発表があった。そして、北田副部長初め全員で支えてほしい、という話があった。部長人事は、ズバリ秋山の情報の通りだったが、やっぱり北田は副部長のままだ。木村は、その朝礼のときの北田の表情を見逃さなかった。穏やかな顔付きの中に複雑な心中が見てとれた。

技術部長が高波になると、ムードがかなり変わった。わかりやすく言うと、悪い意味で体育会系みたいになってしまった。新部長は、さっそく課長たちを相手に打合せでガミガミやっている。木村たちに向かってはそこまでは言わないが、まったくうるさくてかなわない。これじゃ、仕事に集中できない。若い社員や女子社員たちも、この先どうなるのか空気を読んでいるみたいだ。そして、木村は北田副部長に注目していた。高波部長は北田に二言・三言は話をするものの、それ以上の事はしない。木村の目からは、北田副部長なんかいなくてもいいんだぞ、というような扱いに見えた。まあ、北田が煙くてじゃまなんだろう、とも思う。

北田副部長が退職することになったのは、それから一ヶ月後だった。北田にすれば、その間高波部長を見極めていたということになる。しかし、それだけではない。用意周到な北田は、何年も前からいろいろな事態を予測し、準備を進めてきたらしい。そして、その一ヶ月後に小さな会社を設立したという話が聞こえてきた。木村は、どういうことをやる会社だろうとは思ったが、それ以上の事はわからなかった。

それからまもなく、自宅でくつろいでいた土曜日の午後、木村の携帯が鳴った。北田からだ。思いがけない電話だった。簡単な挨拶のあと、北田は、会社を作ってスタートした、事業内容はこうだ、ということを教えてくれた。それによれば、住宅や中小規模の建物を対象にした設計や一般消費者に対するアドバイス業務などである。基本業務は建築の設計であるが、純然たる設計事務所とは少し違うようだ。以前から、社外で独自に幅広い活動をやっていたので、いろいろな所とつきあいがあり、さっそく設計の依頼が二件あったそうだ。そのあとにも何件かの引き合いがある、と言っていた。

何人でやっているのか聞くと、今のところ三人で、自分の他に住建興業の横浜支店で技術主任だった三十代半ばの内山という男と東京支店で事務係をしていた二十代後半の女性がメンバーだと明かしてくれた。木村はこの元主任の内山を知っているが、新しい部長の高波を極端に嫌っていた。以前、二人の間にトラブルがあったように聞いている。それ以上に、内山は北田派であった。高波が北田副部長を差し置いて部長になったことも影響した。高波も内山もお互いに嫌っていることがわかっていたので、内山はこんな会社にいてもいい事なんかないと思い、北田と一緒に行動することにしたのである。

北田は、今はまだ三人だが、近いうちにある中堅の建設会社の協力事務所になれる見込みであり、設計の要員をあと二人くらい増やす計画であることまで、木村に漏らしてくれた。これも、木村がずっと北田を信頼してやってきたからだ。北田は、直接的に木村を新しい会社に勧誘するようなことは言わなかったが、

「木村君も、これから会社の状況が変わって独立するようなことがあったら、うちの仕事を手伝ってもらいたいから、そのときはよろしく」

なんて言っていた。木村は、とにかく今は住建興業で頑張って行こうとしか考えていなかったが、北田にそう言われると、そういう事態もないとは言えないと思い、

「そうですね、そのときはよろしくお願いします」

とだけ答えておいた。そして、そのときからときどき北田と連絡を取り合うようになり、年に何回かは北田の会社に顔を出すようになった。

技術部全体が高波体制に少しずつ慣れてきたある日の午後、部長が何人かに声を掛けて会議室で打ち合わせをやっている様子だ。話の内容はよくは聞き取れないが、ときどき高

波部長の声と思われるどなり声が聞こえてくる。木村は、また始まったか、と思った。しばらくして、会議室から出てきた佐々木が木村に向かって声を低くして、

「高波部長、きょう荒れてるよ」と言う。

「なんだ、また高波注意報か」

「いや、きょうは警報だな」

「高波警報か。まずいな。目を合わさないようにしないといけないな。みんなに避難勧告でも出すか」

「アハハ、避難勧告か」

「それにしても、あのオッサン、ときどき訳のわかんない怒り方をするからなあ。きのう、部内で技術説明会をやっただろ。その後で、おれと秋山と野上さんの三人がいるところで、部長がいきなり『だれがそんな説明会を決めたんだ』って言うんだよ」

「あれは、部長が言ったんじゃなかったっけ」

佐々木だってちゃんと覚えていた。

「そうだろ。おれたち顔を見合わせちゃったよ。それでも、『どうなんだ、木村係長』って怒鳴るから、『あれは、部長がおっしゃったんじゃなかったかと思いますけど』って言ったら、部長無言だったよ」

さらに木村が憤然として続ける。

『なんだ、こいつは』って思ったけど、まさかそんな事も言えないから、後で三人でさんざん悪口を言ってやったよ」

「それにしてもうちの会社、あんなのしか部長になるのがいないのかなあ」

「ほんとだよ。あんなのを部長にする方もどうかしてるけどな。この会社も将来は暗いかもしれないよ」

「今もすでに暗いよ」

「まあ、確かにそうだな」


高波部長になってから三ヶ月、北田副部長のほかに二人の社員が退職した。一人は事務係の女性社員で、もう一人は住宅課の若い技術社員だ。二人とも、このところの部内のムードや方針に嫌気がさしたようだ。女性社員は、これを機に家業の旅館を手伝うことになった。技術社員は、自分は住宅の設計の仕事をきちんとやっていきたいのに、高波部長になってからは本社で行う住宅設計の仕事は極端に少なくなってしまった。それで、主に住宅や店舗の設計をやっている設計事務所に転職することにした。と言っていた。

木村は、今のこういう雰囲気も受け入れていかなければいけないのかなどと考えながら、いま設計中の図面のチェックを行っていた。それでも、将来のことを考え始めるとなかなか落ち着かないし集中することができない。少し仕事を中断して、

「ちょっといっぷくするか」

とつぶやいて、缶コーヒーを買いに一階に下りていった。エントランスホールから続くエレベーターホールの隅に飲み物の自動販売機が置いてある。その前に立ってどれにするか考えていると、木村の名前を呼ぶ者がいる。高崎支店にいる後輩の杉本だ。

「おう、どうしたんだきょうは」

「営業会議なんですよ。技術の者も一人出席しろというんですけど、課長が地鎮祭で都合が悪いので私が代わりです」

「そうか。高崎に行ってどれくらい経つんだっけ」

「ちょうど一年です」

「どうだ、高崎は」

「こういうことでもないと高崎あたりに住むということもないだろうから、いい機会だと思って休みの日なんかいろんな所に行ってますよ」

「支店はどうだ」

「まあ、なんとかやってます。支店の人たちもいろいろ教えてくれるから。でも、支店長

がちょっと」

「何？」

「あの支店長、みんなで業績を上げると、自分の指導がいいためだと言ってすぐに本社に報告するくせに、何か問題が起こるとおれは知らないからお前たち責任を持って解決しろよ、みたいな言い方をするんですよ。でも課長がみんなをフォローくれるから、助かってますよ」

だいぶ前にこの支店長から本社の技術部長にかかってきた電話にたまたま出た木村は、自分に関係のない事がらなのに嫌味を言われたことがある。やな野郎だなあ、と思った。

「あの支店長は、そうかもしれないなあ」

木村も杉本の苦労が少しわかる気がした。

そして、杉本が自動販売機の方を見て、

「コーヒーですか」と聞く。

「うん。今日はこの『ワンダ』ってのにしてみるか」

「缶コーヒーって言えば、本社じゃそういうことはほとんどないでしょうけど、支店だと、特に夏になると業者の人がみなさんでどうぞと言って、缶コーヒーや缶ジュースを持ってくることがときどきあるんですよ」

「支店は、そういうことがあるからな」

「いろんな種類のを持ってくるから、私は支店長にはいつも『ボス』を渡すんですよ。支店長は、自分がボスだからだと思ってるみたいだけど、アイスコーヒーだから『冷たいボス』っていう意味なんですけど、支店長はわかってないみたいですね」

「冷たいボスか。おれも高波部長の机の上に置いてやろうかな」

「ハハハ、それがいいですよ」

「会議終わったら、時間あるの？　軽く一杯やるか」

「いやあ、直ぐに帰って、あしたお客さんの所に持っていく資料をまとめなきゃいけないんですよ」

「そうか。そりゃたいへんだな。じゃまたの機会にな」

「ええ、それじゃあ」

と言って、会議室に戻って行った。

　木村も席に戻って缶コーヒーを飲みながら、高波部長も怒ってばかりいないでアイスコーヒーでも飲んで少し頭を冷やした方がいいんじゃないかと思った。そして、なにかの本で読んだことがある、ずっと前はアイスコーヒーのことを冷やしコーヒーと言っていたことを思い出し、妙な笑い顔になった。

12

技術部に新入社員が配属されることになった。昨年の末に事務係の女性社員が退職して欠員が生じている。そのため、事務の仕事は係長ともうひとりの女性の二人でこなしていたが、かなり忙しそうだった。それを補充するための配属だ。と言っても、新入社員だからすぐには十分な働きは難しい。木村は、当分は事務係も大変そうだなと思った。

技術部に新入社員が来るのは三年ぶりだ。ただ、新卒ではなく学校を卒業してから何年かアルバイトなどをしていたようだ。新卒のときには就職活動がうまくいかなかったので、いくつかのアルバイトをしながら正社員として採用されるチャンスを待っていたのだ。木村が新卒のときには、一度就職活動にしくじるとなかなか次の機会はなかったが、今は全くの新卒でなくても再チャレンジできる社会環境になったということかもしれない。

そして、その新人は男で名前は大久保というらしい。そのことを秋山に話すと、

「大久保か。何て呼んだらいいかなあ」

技術部にはすでに、入社五年目の技術社員で大久保という者がいる。だから、単に大久保と呼んだら、どちらの大久保なのかわからない。呼ばれた方も困るだろう。

木村が大学生のとき、同じ学科に木村という者が三人いた。講師によっては、演習のと

きなどに学生に質問することがときどきあった。講師は「木村君」と呼ぶのだが、どの木村が呼ばれているのかわからなくて戸惑ったものだ。他にも同じ姓の者が何人かいるからフルネームで呼んでもらわないと困ってしまうだろう。

そしてそのとき、大学の先生たちの中に「前田」という先生が二人いた。体がたてよこに大きい前田教授と中ぐらいの体つきの前田助教授、今は助教授と呼ばずに准教授と言っている、この二人だ。他のある教授がこの二人について話をするとき、前田教授と前田助教授を順番に指して、

「我々はこちらを大前田《おおまえだ》先生、こちらを小前田《こまえだ》先生と呼んでいる」

と言っていた。教授たちは、二人の前田先生をきちんと区別して呼んでいたのだ。

木村がそのときのことを思い出しながら、

「ちゃんと区別して呼んでやらないとな」

と言うと、秋山はしばらく考えていたがひらめいたように、

「新人だから、新大久保にするか」

東京の新宿駅のすぐ近くに、路線は異なるが大久保駅と新大久保駅がある。ここから思いついたものだが、秋山は名案だろうというような顔をしている。木村は、その発想力には感心したが、

「呼ぶ方はおもしろいかもしれないけど、呼ばれる方はなんだかちょっとかわいそうな気がするなあ」

と言って、その案には否定的だ。でも、直接は呼ばないけれど、秋山や佐々木たちとはこの二人の大久保のことを「新大久保」「旧大久保」と呼ぶようになるのだが。

＊

「あれ、寄道《よりみち》課長じゃないかなあ」

その日、木村は残業でかなり遅くなり、宮野駅に着いたときは十一時を回っていた。電車を降り、自宅に向かって駅前通りを歩いているとき、反対側の歩道を駅の方に歩いている人のすれ違ったばかりの斜め後ろ姿に見おぼえがあった。しばらくそっちの方を見ていると、やっぱり寄道課長のように見える。なんだか、まっすぐ歩いていない。後ろから見た感じでも、顔が赤いようだ。すると、その人がちょっと横を向いた。

「あ、やっぱり課長だ。大丈夫かな」

東京支店の技術課長である藤原課長の自宅は、宮野駅から四つ目の北倉駅から歩いて十分ほどだ、ということを課長本人から聞いたことがある。自宅は親の代から住んでいる所で、父親はすでに亡くなったが、母親と同居している。ひとり息子は独立したので、妻と母親との三人ぐらしだ。藤原課長は五十代半ばであるが、酒を飲むことをただひとつの楽しみにしているような人だ。会社の帰りに、居酒屋などに寄って酒を楽しんでいるらしい。課長の名前は藤原道治というのだが、寄り道が多いので、木村はひそかに藤原寄道とか寄道課長と呼んでいた。たしか、平安時代ごろに藤原頼通《よりみち》とかいう人がいたように思う。でも、さすがに面と向かって呼んだことはないし、他のひとに話したこともない。

宮野駅はいくつもの路線が通り一日の乗降客が数十万人という、県内でも最も大きい駅だ。駅からちょっと行ったところには居酒屋などもいくつかあり、夜の繁華街のようになっている場所もある。一方、藤原課長が乗り降りする北倉駅は小さい駅で、その周辺は昼でも閑散としている。酒を飲ませるような店は一軒もない。そのため、宮野駅で途中下車して飲んでいくことがときどきある。今日は、木村が偶然にその現場を見かけたのだった。飲むと言っても、課長は大酒飲みというわけではなく、また仲間といっしょに大声でさわぐということもない。静かな酒のみだ。仲間がいるときには会社の近くで、今日のようにひとりのときは自宅に近い宮野駅などで途中下車ということになる。

そのときから半年ほど後になって、その藤原課長が本社の設計課長として異動してくることになった。秋山は設計課だから、藤原課長は直属の上司になる。木村は、酒好きのふたりがそろったな、と思った。

藤原課長が来てから三ヶ月ほど経ったある日の午後、秋山と課長がひそひそばなしをしている。木村のするどい視線がその一瞬を見逃さなかった。そしてただちに状況を察知した。まもなく、ふたりは何事もなかったかのように業務に集中している。木村も瞬間的に視線を向けただけで、すぐに自分の仕事に戻った。

五時少し前、茶を入れに給湯室に向かったところ、秋山がトイレから出てきた。木村が静かに追求する。

「おい、今日もルート８４５か？」

秋山は「えっ？」と言ったまま、少し考えている。

「何だっけ、ルート８４５って」

国道８４５号線なんて聞いたこともないし、ほかに思い当たるものもない。

「また課長と飲みに行くんだろ。『ルート８４５』って書いて『ルートはしご』って読むんだよ」

「ルートハシゴか、参ったな。木村の目はごまかせないよ」

酒好きの秋山と藤原課長が小声で話をしていれば、だいたいは飲みに行く話だと想像ができる。木村は普段はほとんど飲まないのでこの二人につき合うことはめったにないのだが、一度だけ三人で飲みに行ったことがある。木村は最初ビールをコップに二杯ほど飲んで、その後はウーロン茶なんかを飲んでいたのだが、秋山と課長はビールから始まって日本酒へと移行していった。それでも、ふたりともがばがば飲んだり大騒ぎをするようなことはない。普段からにぎやかな秋山と物静かな藤原課長との組み合わせは一見奇妙に見えるが、酒という共通の楽しみで気が合うらしい。もちろん、課長も酒が入れば口が滑らかになる。

その店を適当に切り上げたところで、課長が「もう一軒行こう」と言う。木村は遠慮したが、課長と秋山は次の店に向かって行った。このふたりが飲みに行くときには、ほとんどいつもハシゴになる。最低でも二軒、多いときには三軒になることもあるらしい。そのことを、木村は「ルート８４５」と言ったのだ。

＊

新宿支店に打合せに行った設計課の高木芳子が、夕方になって帰ってきた。木村が、

「おう、おかえり。ごくろうさん」

と言っても、浮かない声で、

「ただいま」と言ったきりである。

「どうしたんだよ、元気ないな。打合せがうまくいかなかったのか」

「そうじゃないんですけど。わたし、なんだかやんなっちゃって」

高木は新卒で入社して配属された東京支店の技術課に五年ほど在籍し、その後本社設計課に異動になり、入社からすでに八年が経っている。設計課の中でも中堅どころとなっていて、比較的小規模な建物ならばひとりで設計をまとめていく力も持っている。東京支店のときの直属の上司が、このまえ本社に異動してきた藤原課長だったのだ。

いったいどうしたのか、話を聞くとこうだ。新宿支店での打合せが終わって、電車に乗り吊り革につかまりながら設計の内容をいろいろと考え始めた。今回の設計は、新宿支店が受注した私鉄沿線の商店街に建てる店舗と住宅の併用建物で、一階が洋菓子店、二階と三階が住宅の三階建てである。高木はこの種の建物の経験が多く、今回もいろいろなイメージを膨らませていた。店の設計でも洋菓子店は初めてなので、他の洋菓子店もいくつか見に行こう、ついでにお菓子も買ってきて、なんて想像しながら。

するると突然、前に座っていた年配の女性が立ち上りながら、「どうぞ」と言う。高木は、このひとは席を譲ろうとしているらしいけどなんでだろうと思い、けげんな表情をしているると、

「おなか、大きいんでしょ？」

と言う。高木は、「えっ」という顔をして、呆然としていた。

「あら、違うの？　それじゃ、いいわね」

と言い、その女性は平然として席に座りなおしたという。

住建興業の女性社員は、事務係には制服があるが、技術社員や営業社員は制服がなくみんな私服である。その日の高木は、少しダブッとした服を着ていた。顔などややポチャッとしたところがあるものの、決して太っているという体形ではないし、腹だって出てはいない。そのオバサンは、着ている服の格好や姿勢などから高木のおなかが大きいと勘違いしたらしいのだ。

木村は、笑いをこらえながら、そして高木芳子をなぐさめるように、

「いくら年長者だって、無礼なオバサンだなあ。君のようなスマートなひとを捕まえて。そのオバサンも見る目がなかったんだよ」

と言ったら、すこし笑い顔になった。もちろん、本当におなかの大きいひとは魅力的で、体形も美しい。

こういう話にはほとんど関心を示さない藤原課長が、珍しく口を開いた。

「そりゃまた大変だったなあ。おれも、女子高生に席を譲られたことがあるよ」

課長は五十代半ばであるが、年相応であって決して老けて見えるようなことはない。それ

でも、その女子高生から見れば自分の親よりも年長であり、敬意を払ったのだろう。

「ヤダッ、課長。ほんとですか、それ。それでどうしたんですか」

高木芳子が急に明るい声を出した。

「そんな必要はないと言いたかったんだけど、その子に恥をかかしちゃいけないと思ったんで、『オジサンはそんな年令《とし》じゃないんだけど、今日は疲れてるから座らしてもらうか。ありがとう』って言って座ったよ」

この話を聞いたら、高木の機嫌がすっかり直ったようだ。

＊

篠宮は栃木県の鹿沼市の出身で、地元の高校を卒業した後、同じ県内にある足利技術短期大学林業学科に入学した。いまどき林業なんかカッコ悪い！ などと思ってはいけない。森林はものすごく生命力あふれる場所だ。

篠宮の母の実家は材木屋をやっていて、子供のときにそこによく遊びに行った。祖父母や後を継いでいるおじ、そして職人たちがかわいがってくれた。山にいっしょにくっついて行ったこともある。もちろん、子供だからそんなに険しい所には連れて行かない。そういう所で職人たちの作業を見ながら、花を見つけたり虫を探したりしていた。篠宮の父は、県庁所在地の宇都宮市にあるあまり大きくない会社のサラリーマンをしていた。高校に通いながら将来の進路を考えている頃、世間はかなりの不景気で、父の会社も経営が苦しく父も相当に大変そうだった。そういう状況を見ているので、普通に大学に入って会社員になるというようなコースはいやだった。そこで、子供のときに親しんだ林業の仕事をしてみようという気になった。

篠宮は山歩きが好きだった。山登りではなく山歩き。ひとりで林道なんかを歩くのがとても楽しい。ちょっと変わった人間かもしれない。それぞれの時期の森林の美しさもよく知っていた。それでも、好きだけでできる仕事じゃないことも承知していた。でも楽な仕事なんてあるわけないし、たとえあったとしても、そんな仕事に就けるのは何万人に一人だろう。

親にできるだけ負担をかけたくなかったので、四年制ではなく短期大学にしようと思ったところ、ちょうどうまい具合に県内に林業学科のある足利技術短期大学があった。四年制に行って適当にやってるよりも短大でもしっかり勉強すれば、その方がずっといい。そして、短大をかなり上位の成績で卒業した後、県内の林業組合に就職した。

いくら学校でよく勉強したからといっても社会に出てみれば初めてのことだらけで、最初の一、二年は夢中で働いた。それでも、知っていることに出会ったりするとうれしくなった。仕事はいろいろな事をやった。というよりも、組合にはそんなに多くの人がいるわけじゃないから、いろいろな事をやらなければならなかった。子供のときのように職人たちと山に入ったり、そして今度は遊びじゃないから、かなり大変な思いもした。工務店のおやじさんたちとのつきあいも増えて、林業そのものだけじゃなく家づくりの現場を体験することも多くなった。やりがいはあった。不満と言えば、給料がかなり安いことぐらいだった。まあ、それは重要なことなんだけれど。

組合に入って五年ぐらい経ったころ、篠宮の考えに変化が起こってきた。このまま今の仕事を続けていて、十年後二十年後はどうなっているだろう。だいたい、そんなに続けられるんだろうか。現状をこのまま維持できれば、なんとかやっていけるかもしれない。だけど、仕事をやればやるほど将来の見通しが持てなくなってくる。このままやっていて、家庭だって持てるんだろうか。さびしいけれども林業の厳しい現実だ。今ならばまだ進路を変えることはできる。そう思ったとき、そこに道があった。家づくりだ。木造住宅の設計をやろう。工務店とのつきあいの中で、実態もある程度わかっている。それに、今までの林業の仕事も十分に役に立つ。無駄にしなくて済む。

と言っても、建物の設計には「建築士」という国家資格である免許が要る。そしてこの免許はだれでも取れるわけじゃなく、建築に関する学歴や実務の経験が必要で、それを満たして初めて試験を受けることができる。二十代後半になった篠宮には、これから工務店に弟子入りして修業するというようなことはかなり難しい。そこで、学校に入り直すことにした。学校は専門学校でもなんでもいいと思ったけれども、都合のいいことに、前に卒業した足利技術短期大学には農林業系の学科の他に工業系の学科があり、そこに建築学科もあった。安い給料とはいえ、蓄えも少しできた。それだけでは学資には足りないが、景気も回復し父の会社も安定してきて、少し援助もしてもらえる。また二年間しっかり勉強しよう。思い切るのは今しかない。そう思った。

13

まだ暑さの続く九月なかばになって、とんでもないイベントが企画された。高波部長の提案で、技術部内の親睦を計るため日帰りのバス旅行をしようというものだ。しかしまあ、それだけならどうということはない。木村も「あ、そう」ぐらいに考えていた。木村が技術部に来てまだ主任になる前に、一泊旅行を二回ほどやったことがある。それ以来、会社の旅行というものは全然やらなくなってしまったので、「まあ、たまにはいいか」程度に思った。

その日から、部長が今年入った事務係の大久保つまり「新大久保」に指示して、旅行の計画を作っている様子だった。この旅行は、会社の行事として行くわけではなく、休日を利用して業務外で行きたい者が勝手に行くという位置づけだから、万一の事故などあっても労災というわけにはいかない。そこで、臨時の保険に入ったりとかいうことも必要になって、面倒なところもあるようだ。大久保もパンフレットなどを取り寄せたりして、部長に相談しながらいろいろと検討している。しかし、業務外の旅行の計画を業務時間内にやるのはまずくないんだろうか。まあ、そんなにかたい事を言わなくてもいいか。

木村は、一応参加はするつもりだけど、どうせみんなにくっついて行くだけだから、計画の中味についてはあまり眼中になかった。

「だけど、どこに行くんだろう。…別にどこでもいいけど」

そんなふうに考えていると、それから数日後に計画がまとまったようで、新大久保がみんなに「旅行の案内」を配っている。木村はそれを受け取ると、「なんだ、これはあ！」と思った。案内には、「山梨昇仙峡とワイナリーの旅」と書いてある。日程は「十月三日、日曜日」である。みんなにとっては、「あ、そう。計画ができたのか」ぐらいのものだろうが、木村にとってはとんでもない計画だった。いったいどこが？

住建興業では夏休みは全社一斉ではなく、社員それぞれが仕事のスケジュールや自分の都合を考えて好きなときに取ることになっている。七月なかばから九月なかばまでの二ヶ月の間に五日間の休暇が取れる。そして、できるだけみんなの休みが重ならないように、分散してバラバラに取るようにしている。それでも、八月中旬にはどうしても休む社員が集中する。

協力事務所の長谷川建築設計事務所でも同じ方法を採っているのだが、かなり弾力的というか非厳密な運用をしているようだ。去年の十月のなかごろに長谷川事務所に行ったとき、休みを取っている所員がいたのだが、ホワイトボードには「夏休み」と書いてあった。

「十月のなかごろで夏休みなのか」と思ったけれども、他の会社のことだから何も言わなかった。

木村もだいたい毎年、休む時期は違うが五日間ぐらいの休みを取ることができている。しかし、今年は仕事が重なり調整がうまくいかなくて、八月の終わりになってやっと二日間の休暇を取ることができた。そのため、今年の夏休みはどこにも行かないで、家の中で過ごした。そのときは天気も悪かったので。

九月に入って、妻の多恵子が「どこかに行きたいなあ」と言って、旅行のパンフレットをいくつかもらってきた。木村も「そうだなあ」と同意して、その中にあった一泊二日の観光バスで行くツアー旅行に申し込んだ。日程は土・日の十月九日・十日。そして、その旅行パンフレットに書いてあったタイトルが「昇仙峡とワイナリーの旅」である。つまり、日帰りと一泊のちがいはあっても、木村家と会社で同じ旅行を計画したのだ。それも一週間のちがいで。こんな偶然もあるのか。

多恵子にこの話をしたら、「えー、どうしよう」と言っている。もちろん、一泊旅行をやめるつもりはない。せっかく楽しみにしているのだから。じゃあ、会社の旅行は不参加ということにするか。まあ、まてよ。両方の旅行で同じような所には行くが、全く同じというわけでもない。昇仙峡は一箇所しかないから同じ所だ。それも散策するとなれば、同じような所を歩くにちがいない。そのうえ、なんとか美術館も同じだ。でも、ワイナリーは別々の所でそれぞれ特徴があるんだろう。ワインの趣味などない木村には、その違いなどわからないが。他にも違うところはあるだろう。木村は昇仙峡なるところには行ったことがない。だから、一泊旅行の下見のつもりで会社の旅行にも参加することにした。秋山や佐々木も行くそうだから。

旅行の当日がやってきた。ねむい！　せっかくの日曜日だというのに、いつもより早く起きなければならない。会社の旅行なんて、なんだかめんどくさくなってきた。しかし、自分で参加すると言ったのだから仕方がない。それにしても、いつもギリギリに出社したり遅刻がちのヤツラはちゃんと来られるんだろうか、と思いながら集合場所である会社の前に行くと、ソイツらはもうあらかた来ている。こんなときに限って早いんだから。幹事である「新大久保」は、他の若い者に手伝ってもらいながら、金曜日のうちに買って会社に置いてあったビールや飲み物をバスに積み込んでいる。かなりの量だ。

八時半ちょうどになって、予定どおりバスは出発した。中型の観光バスで、参加者は二十人ほどだから席はゆったりしている。木村は中ほどの座席に一人で座った。同じ列の反対側の席には佐々木が座っている。バスには、若いと言うかなんと言うか、微妙な年ごろの女性のガイドがついている。それなりの経歴があり手慣れているようで、話はなかなかうまい。初めはみんなガイドの話をまじめに聞いているようだったが、まもなくビールが配られると、あっちこっちで缶を開ける音が聞こえてくる。朝から飲んでいるのだから、まったくのんべえはしょうがない。木村はあまり酒が好きな方じゃないから、緑茶のペットボトルをもらってひとくちふたくち飲んだ。秋山は後ろの方で酒好きの連中と固まっている。それでも、設計課の藤原課長は同じ酒好きでもその連中とは離れて座っている。課長には、酒とは一日の活動が終わって夜暗くなってから飲むものであって、明るいうちに飲むものではない、という信念がある。

都心部を抜けて住宅街を進んでいると、そのうちに眠くなってきた。木村は眠ってはいるのだが、飲み助たちがワイワイ言っているのがなんとなく聞こえてくる。しかし、そのうちにグッスリと寝入ってしまった。

どのくらい経っただろう。目が覚めるとバスは山間部を走っている。車内を見ると、酒飲みたちはグーグー眠り込んでいて、静かだ。木村は視線を外に向けて自然を観察しながら楽しむことにした。山中の木々の間にポツンポツンと民家が見える。それは一軒だけのこともあれば、数軒がまとまって小さな集落を作っている所もある。こういう所の暮らしとはどんなものだろうと想像してみる。

そして、小さな町をいくつか過ぎて、やがて甲府の市街地にたどり着いた。ここから昇仙峡まではもう少しだ。

昇仙峡は山梨県甲府市の北方にあって、日本一の渓谷美に選ばれたこともある。なんとか峡という所は他にも日本の各地にあってそれぞれに良さはあるし、日本一の判断基準もどんなものかわからないけれど、まあそれに恥じない名所ではある。

遊歩道なども整備されていて、ウォーキングコースやハイキングコースもある。それらのうちから三十分ほどのウォーキングコースを選び、みんなで散策することにした。途中には、奇妙な形の岩や滝などがいくつもあり、けっこう楽しめる。コースを覆うようにできた石の門のようなものもあって、こういうものを自然の妙と言うんだろうと思う。遊歩道からは下の渓谷の方へ下りていく階段が何ヶ所かあるが、時間の都合で渓流遊びをすることはできない。みんなが遊歩道に従って歩いているとき、設計課の藤原課長がコースを外れ、渓流に向かって階段を下りて行った。木村は、課長得意の寄り道が出た、と思った。するると、同じ設計課の高木芳子が、

「課長、課長…、寄り道してると遅くなりますよ」

と言う。木村は、「なに、藤原課長に向かって寄り道とは！」と思った。藤原課長を密かに

「寄道課長」と呼んでいるのは自分だけのはずである。だれにも話したことはない。それとも、多くの者がそう思っているのだろうか。しかしまあ、偶然にそう言っただけかもしれない。すると、課長は平然として、

「おう、少しだけ…、すぐに追いつくから」

と言って、マイペースを保とうとする。まあ、みんなから少しくらい遅れても、置いていくようなことはないけれど。

十月の上旬であり紅葉にはまだ早いし、よく晴れているので、歩いているとやや暑くて汗ばむ。篠宮は後輩の高木芳子を軽くからかいながら歩いている。高木もそれに応じるので掛け合い漫才のようである。いいコンビだ。

コースの終わりごろになって、いつの間にか藤原課長も追いついて、先回りして待っていたバスの駐車場にたどり着き、次の場所へと向かった。

昇仙峡影絵の森美術館は名前の通り昇仙峡にあり、バスに乗ったと思ったらすぐに着いてしまった。まあ、当たり前か。建物は○○県立美術館などとはかなり違って、メルヘンっぽい比較的小規模な美術館だ。ここは、影絵作家として有名な藤城清治の常設美術館で、他にも山下清や竹久夢二などの作品も収蔵して企画展などを行っている。

メインの影絵は地下一階に展示してある。自然光が当たらないようにするためだ。照明も落としてあるので、室は暗い。その中に影絵が浮かび上がる。なかなかおもしろい。女子社員たちも、「キャー、カワイイ」なんて言って騒いでいる。篠宮が藤原課長に影絵の解説をしながら自論を述べている。課長はうなずきながら静かに聞いている。

しばらく鑑賞した後、上の階に行く。この日は山下清の作品を展示していた。木村は、山下清の作品は他の美術館でも何度か見たことがあるが、とてもいいと思っている。なにかひとつ欲しいと思うけれども、本物なんかとても買えないので、せめて画集でも買おうかと思った。女子社員たちはここでも「カワイイ」なんて言っている。なんでもいつでも「カワイイ」である。しかし、影絵のときのカワイイと山下清のカワイイとで微妙なニュアンスの違いがあることに気がついた。「カワイイ」にもバリエーションがあるらしい。

もう少しゆっくりしたかったけれども、時間の都合で美術館をあとにしなければならない。でも、来週また来るのだから、今日は下見だ、と思った。

昇仙峡を後にして、バスで三十分ちょっとで今日の最終行程である山梨なんとかワイナリーに着いた。ワイナリーは、ワインの製造過程などを見学するコースもあるのだが、時間の都合で展示室の見学と売店での買い物だけとした。まず、ひととおり展示室を眺める。

図解のパネルや写真が豊富でわかりやすい。製造機械の模型もいくつか置いてある。時間のないときには、見学コースでなくてもこれで十分かもしれない。

次に売店に行く。売店はかなり広い。もちろんワインが中心だが、その他にもいろいろな製品が置いてある。ワイン染めの衣類や菓子類などもある。一角にはワインの試飲コーナーもあって、けっこう賑わっている。会社の連中もグラスをもらって飲んでいる者が多い。なにしろ無料だから。それとは別に超高級ワインを有料で試飲させているのだが、少なくとも会社の者はだれも手を出していないようだ。一杯五千円とか書いてある。木村は、タダのワインと五千円のワインでどこが違うんだろうと思ったけれども、飲んでみて違いはわかってもどっちが高級品なのかわからないだろうから、試すのはやめておいた。どうせ会社のヤツラもわからないだろう。

見ていると、みやげを三つも四つも買っている者もいるようだが、木村は菓子を一箱だけ買った。家に帰って数日間はそれを食うことになるだろう。

そのうちにバスの出発時間がせまってきたので、みんなでワイナリーを出て、そこから三分ほどの所にある駐車場に向かった。バスに乗り込んで、ガイドが人数を数えようとしたとき、技術係の「旧大久保」が、「あれっ、篠宮さんがいない」と言う。秋山が、

「なにっ、篠宮がいない？　どうしたんだ、アイツ」

と大きな声を出す。ガイドは平然として人数を数えている。一人足りないことを確かめてから、

「他のかたは、いらっしゃいますか?」

と、あくまで冷静である。秋山は、自分の課の後輩であるから、

「ワイナリーの売店には間違いなくいたぞ。おれ、探してくるよ」

と言って、幹事の新大久保といっしょにワイナリーに戻って行った。木村も「どうしたんだろう」と思っていると、まもなく、探しに行った二人と篠宮の三人で小走りにバスに向かってきた。車内に入ると、いつもはあまり物事に頓着しない篠宮もこのときばかりは恐れ入った様子で、みんなに、

「すみません。遅くなりました」

と言っている。木村は、高波部長口ぐせの「**ええかげんにせえよ!**」が出るかと思って見ていたけれども、部長は怒るに怒れないというような微妙な表情をして黙っていた。

秋山の話によると、篠宮はワイナリーの売店の奥にあるトイレの前のベンチに座って眠っていたそうだ。木村は、この半月ほど篠宮がかなり忙しくて帰宅も毎日遅いということを知っていた。そして、きのうの土曜日も出社したようだ。バスの中でもビールを飲みながら騒いでいたし、ワイナリーでもワインの試飲をおかわりしていた。日頃の疲れと酔い

で眠り込んでしまったのだ。いくら若くても、あまり無理をしてはいけない。帰りのバスはゆっくり眠っていけばいい。

次の日の朝起きると、日焼けで顔が赤い。首のまわりがヒリヒリして、ワイシャツを着るとそこがかゆくなる。会社に行くと、きのうの旅行に行った者はみんな日焼けしていて、「いやあ、いい色に焼けたね」なんて言い合っている。木村も辺りを見渡していたのだが、そのとき技術係の「旧大久保」の顔を見てギョッとした。

「なんだ、コイツの顔は」

日焼けと言うと、ほとんどの人は初め赤くなって、それが時間や回数が増えるに従って徐に黒っぽくなっていくものだ。ところが、この旧大久保のヤツはその途中経過を省略して、いきなり黒くなっている。正確に言うと、濃いグレーだ。日本人でこういう顔色の人間は他に見たことがない。そう言っちゃ申し訳ないけど、南方のどこかの国の土着の人みたいな色だ。本人もわかっているようで、

「いつも、こんなふうに焼けるんですよ」と白状している。

別にどんな焼け方をしても自由だし、決して悪いわけじゃないけど、ちょっと珍しい顔色だ。でも、ひとと同じじゃなくて、かえっていいかもしれない。

昼少し前になって、トイレの帰りにエレベーターホールで設計課の町山亜紀に会った。

「君は全然焼けてないね」

「私、はだが弱いので日焼けするとだめなんです、荒れちゃって。だから、できるだけ焼けないようにしてるんです」

そういえば、この娘は旅行中大きな帽子をかぶってたっけ。

「色が白いから、白い亜紀で白亜紀《はくあき》だ」

「白亜紀とかジュラ紀とかって、私は恐竜ですか」

「ハハハ、こんなかわいい恐竜いるわけないか」

ちょっと怒った表情をしたけれど、かわいいなんて言われたものだから、うれしそうな顔をして、

「そうですよ、エヘヘ」

と言いながら、舌を出して笑っている。

そして、次の土・日、木村家の一泊のツアー旅行である。旅行にはガイドが付いているものの、前の週の経験から、木村が多恵子の専属ガイドになったことはもちろんである。

14

東京支店営業課の小林課長補には独特のノウハウがある。小林も二十年ぐらい前は近県の支店でみんなと同じように戸建住宅の営業をやっていたが、そのときすでに、他人《ひと》と同じことをしていたのでは将来の展望が開けないと思った。なんとか独自の展開をして行こうと考え、社外の勉強会や研修会に参加して知識を積み上げていった。その中でそのときの自分の路線としてとらえたのが、賃貸マンションやアパートの経営だった。そういう建物を建てようとする顧客を探してきて、経営の手助けを行うのだ。もちろん、小林も初めからうまくいったわけではない。始めてから三年間は全く注文がとれず、わずかに以前からの戸建住宅の受注で食いつないでいた。

そうしているうちに、社外の交流会で税理士や弁護士と知り合いになり、自分でも税金や法律の勉強を進めていって、その結果、少しずつ注文がもらえるようになった。そして、マンションやアパート経営にとっては建物自体も重要だが、税務や法知識も大きな要素だということに気がついた。

今では、住建興業の中では、アパート・マンションにかけてはトップクラスの能力を持っていると認められているし、社内での年間の営業成績もこの十数年の間、三十位以内を維持している。全営業社員五百人くらいのうちの三十位以内だからたいしたもので、ベストテンにだって何回か入ったこともある。

ところが、今でも成績は維持しているものの、二年ほど前から微妙に風の温度や向きが変わってきていることに気がついていた。このままでは、間もなく大きなかげりが来ることが予想できた。二十年ほど前に意を決したように、今もまた新たな進路を探らなければならない、と思った。

住建興業に限らず、日本全国で新築建物の件数はかなり減っている。その一方で、相当に築年数の経った建物が大量にある。その中には老朽化が進んで手のほどこしようもない建物もあるが、ほとんどはきちんと手を入れてやればなにも建て替えなくてもそれぞれいい建物にすることはできる。小林課長補の新たな視点はそこにあった。

建物に手を加えるとなると、リフォームとかリニューアルというような言葉が出てくるが、小林の視野の広さはそれに留《とど》まらない。古い建物を新築と同じようにする「再新築」とでも言うようなイメージでとらえていた。しかし、技術屋ではない小林には具体的にどうしていいのかわからないので、それからというもの、支店内の技術の者にいろいろな事を聞きまくった。

しかし、住建興業ではこれまではあくまでも新築が主で、リフォームなどにはあまり力を入れてこなかった。わずかに、新築時の顧客の新たな要望に応えてきただけだった。だから、あまりノウハウが蓄積されていない。そこを切り開いていったのが、東京支店営業課の小林課長補と、一年前に大阪支店から本社の技術部に転勤してきた山岸係長だった。

山岸は大阪生まれで、住建興業に入ってからも大阪とその周辺の支店を回り歩いて、ずっと関西で仕事をしてきた。そんな年齢でもないのに、自分は大阪に骨を埋めるんだなんて言っていた。そして、その山岸に渡辺常務が目を付けた。山岸には他の者にはないエネルギーがあると見抜いたのだ。木村の目から見ても、山岸の総合的な技術力という観点からは社内にあまり並ぶ者がいない。

大阪支店長から内々に山岸に転勤の話があったときにも、自分は関西を離れるつもりはないからそんな話は本社に断ってください、と言った。「大阪で生まれた女」という歌があるが、自分は大阪で生まれた男やから東京にはよう行かん、なんて言ってたそうだ。しかしそれでも、正式に転勤の辞令が出てしまえば、それに従うか、どうしてもいやだったら辞めるしかない。会社としても手放したくない人材なので、渡辺常務が直接話をして本社に来るように説得した。それでも山岸は、なかなかうんと言わない。ここからが渡辺常務の手腕である。

「会社を支えるのは、一人ひとりの力の結集も大事だけど、その中で特に優れた人材も求められるんだよ。ちょうど君のような。いま本社では君が必要なんだ。本社に来て、大阪の力を十分に発揮してくれないか。」

そこまで言われれば、山岸も「わかりました」と言わざるをえない。返事は半分いやいやだったけれども、そう決めてしまえばそんなことにこだわる人間ではない。転勤してきて直ぐに本領を発揮し始めた。

山岸は大阪で、新築物件のほかにリフォーム工事をかなり受注していた。もちろん直接注文を取るのは営業社員なのだが、それは山岸の技術力とサポートがあって初めて可能になることだった。

山岸の父は大阪で小さな建設会社をやっていて、兄が家業を手伝っている。学生のときから、父の後継者は兄貴にまかせて自分は会社員でやっていくんだと決めていた。別に仲が悪いわけではないから、今もよく連絡を取り合っている。そういう面もあって、特に設計や工事の実務に詳しい。

山岸は本社に来て、東京や近県の支店ではあまりにも新築一辺倒なのに驚いた。新築の工事だけで食っていける時代じゃないだろう、と思った。さっそく、技術部内の会議でリフォームやリニューアル工事を積極的に受注していくべきだと発言した。そして、技術的なことは自分に実績も自信もあるから、営業部門に強く働きかけるように提案した。渡辺常務のねらいもそこにあったのだが、自分から指示せずに山岸に言わせるように仕向けたのだ。

しかし、この種の工事は一件あたりの受注金額が多くはないので、営業社員もあまりやりたがらない者が多い。それでもわずかずつではあるが、受注が増えていった。そんなときに新たな道を模索していたのが、東京支店営業課の小林課長補だった。小林は、最初は東京支店内の技術社員にばかり相談していたのだが、あまり詳しい者がいないので、なかなか注文が取れなかった。それで、支店長を通じて本社の技術部長に相談したところ、本社に山岸係長というエキスパートがいることがわかり、それからは山岸に技術的なアドバイスを受けながら営業活動を進めていくことになった。

技術的な裏付けを持った小林課長補は、リフォーム・リニューアル工事に全力をあげた。時には、技術の山岸係長に営業活動に同行してもらうこともあった。そして、山岸のていねいな説明に納得した顧客たちは、安心して工事を任せてくれるようになった。

読みが的中した渡辺常務は、これは絶対にひとつの柱になりうると確信した。そのためには、もう一歩踏み込まなければならない。

建築後何十年と経った古い建物には、強度が不足している建物が多い。すなわち、耐震性に代表される強度不足である。これは、老朽化に伴って強度が低下したものもあるが、何十年も前は耐震基準が今よりもゆるかったためである。当時の基準で設計された建物のほとんどは、今の基準ではぜんぜん通らない。現実の問題として、過去の大地震時には古い建物ほど被害が大きく、その一方で、今の基準で建てられた建物の被害はかなり少なくなっている、という事実がある。かと言って、これらの古い建物を全部取り壊して建て替えるというのは、あまりにも現実ばなれしていてほとんど不可能である。

新築建物の設計とは別に、古い建物の耐震性能を評価する耐震診断という方法がある。これは通常の新築の設計とはやり方が違うから、そのための専門の技術や知識が必要になる。木村も新築の設計はかなりこなしているが、耐震診断となると、以前設計事務所に勤務していたときに、それに精通している者に教えてもらいながら手伝った経験がある程度で、詳しいことはわからない。

そして、その耐震診断の結果、耐震性が不十分と判定された場合でもあきらめる必要はない。多くの建物が補強できるからだ。これを、耐震補強とか耐震改修と言うが、これらとリフォーム・リニューアル工事をあわせた工事を受注していこうというのが、渡辺常務のねらいだ。ちょうど、東京支店営業課の小林課長補が考えた「再新築」のイメージと一致する。技術部としても特別にチームを作って、これに全力で取り組んでいくことになった。もちろん、木村もその中のメンバーだ。

このことが決まってから、木村も大急ぎで勉強を始めた。むかし少しやったことを思い出しながら。しかし、建築の技術というものは、そう簡単に修得できるものではない。それに、これらの耐震診断や耐震改修設計も、新築建物の設計と同じように外注の協力設計事務所に依頼することになる。それでも、すべての設計事務所がこれらの設計をできるわけではないので、実績のある事務所を探さなければならない。

その結果、東京近辺の協力事務所では、二社ほどかなり長くこれらの業務をやっていることがわかった。そのうちの一社が、木村も懇意にしている長谷川建築設計事務所だ。もっとも、懇意といっても特別扱いしているわけではないし、発注者側として厳しいことを言わなければならないときもある。

その長谷川事務所の長谷川所長に本社に来てもらって、みんなにレクチャーしてもらうことになった。勉強会の出席者には、技術部の高波部長と特別チームのメンバーで例の山岸係長や木村の他に、秋山と後輩の若い者二名もいる。最初に高波部長の挨拶があり、

「この業務を収益のひとつの柱にしたいので、みんな全力でがんばってほしい」

と、前に渡辺常務が言っていたことをそのままくり返していた。そして、長谷川所長に向

かって、

「おたくの事務所のノウハウをみんなによく教えてやってください」

と言って、すぐに引っ込んでしまった。木村も、部長はいつものことだと思った。

長谷川所長のわかりやすい説明と質問を交えながらの勉強会で、みんなひと通りのことは理解したようだった。なるほど、新築建物の設計や工事とはかなり様子が違う所も多いようだが、これからは、実務をやりながら深めていくしかない。

＊

「あれっ、何だこれ？」

建物の調査のために二日前に撮ってきた写真を詳しく見ていた木村の視線が一点に注がれ動かなくなった。撮った当日にも見たのだが、全体をおおまかに把握するだけだったので、そこまでは気が付かなかったのだ。

住建興業では、新築工事だけでなく、既存の建物のリニューアルやリフォーム工事を積極的に受注して行こうという方針を立てた。その中でも、建物を補強して地震に強くしようという耐震改修工事は中核になる。そして、古い建物を生かして再生させるということは、建設会社にとっての責務でもあり社会貢献にもつながる。

耐震改修を行うためには、耐震診断によって建物のその時点の耐震性能を把握しなければならない。その結果、十分な性能があると判定されれば補強の必要はないが、古い建物はそれが不十分なことが多い。それでも、そういう建物は必要に応じた補強を行えばいいのである。その最初の段階である耐震診断には、建物の調査が必須である。建物が設計図通りに建っているか、いろいろな所が老朽化していないかなどを、寸法を測ったり写真を撮ったりして調査をする。

木村は調査のために、この日も会社のコンパクトカメラを持って撮影に行こうとしたのだが、他に使う人がいないかどうか前の日に聞いたところ、ちょうど課長が他の現場で使うと言っていたので、最近買ったばかりの自分の高性能カメラを持って行ったのだ。最近のデジタルカメラは、コンパクトであってもかなり性能が良くなって、普通に使うにはそれで十分だ。人物を撮るときにも、カメラが顔の表情を読み取って「目つぶり確認」なんていう警告まで出してくれる。以前、高崎に行ったとき高崎観音を少し離れたところから撮影したら、この「目つぶり確認」が何回も出る。まさか、観音様に対して「もう少し目をあけてください」とも言えないから、そういうときは警告を無視するしかないけれど。

いつも使っている会社のカメラが使えないので、買って間もない自分のカメラをテストするいい機会だと思った。そして、コンパクトカメラにはない超高画質撮影をやってみた。

その中の二枚に怪しい人影が写っていたのだ。

古い建物の調査は、いろいろな箇所をいろいろな観点から調べなければならないのだが、そのうちのひとつとして、屋上の調査がある。屋上防水が破損していないか、また、屋上には各種の設備機器が設置されていることがあるが、それらが破損していないかなどを調べる。そして、記録を残すために何枚も写真を撮る。

そのうちの一枚の、やや遠くの背景に写っていたあまり新しくなさそうな集合住宅らしい建物の一室。昼間なのにカーテンが引かれているが、そのカーテンが窓のサイズに合っていないためかわずかなすき間ができている。そのすき間から、どう見ても怪しい行動としか思えない人物が見える。明らかに引出しを物色している。この部屋の住人ではない可能性が高い。木村は、泥棒ではないかと思った。そして、他の写真も念入りに調べてみた。

すると、もう一枚に、カーテンが引かれる直前のこの人物の上半身が写っていた。だいぶ離れたところでそのうえうす暗い室内であるから、あまり鮮明ではないが、体つきや顔の輪郭ぐらいはなんとなくわかる。これだけわかるのは、たまたま光の加減と、いつもの会社のカメラではなくて自分の高性能カメラで超高画質撮影をやったおかげだと思った。そして、その二枚以外には異常が認められないことを確認して、課長に報告した。その部分の拡大写真を見せながら、

「課長、この写真見てください」

課長は、どうしたんだというような顔をしていたが、

「おい木村君、どう見たっておかしいぞこれ。もしかしたら空巣じゃないか」

「課長もそう思いますか。我々も当日、建物の調査が終わって引き上げてくる途中で、パトカーが『最近、この近辺では空巣被害が多くなっているので、十分に気をつけてください』なんて放送してたんですよ」

「そうか、一応、念のために警察に連絡してみるか」

その建物がある場所を管轄している警察署に、課長から連絡してもらった。すると、そのときの写真を送ってほしいというのだ。その二枚だけじゃなくて、差し支えのない範囲でいいから、他の写真も送ってくれということだった。

そのときからそのことが何となく気になってはいたが、日々の業務に忙しく過ごしていた。それから三週間ほど経ったある日、警察から課長に電話があった。空巣犯人が捕まったということだった。警察の説明では、あまり詳しいことは言えないけど、確かにあの日あの部屋で空巣被害があった。そして、被害者に例の写真を見せたところ、全く心当たりのない人物だということで、これは犯人に違いないということになった。送った写真そのままでは不鮮明であったが、警察の高度な解析技術によって手配写真ができた。パトロー

ルを強化していたある日、写真によく似た不審な人物を発見し職務質問をしたところ、犯行を認めたそうで、さらに追求したら余罪が十件ほど出てきたらしい。犯人逮捕の決め手になったのは送ってもらった写真で、礼を言っていたそうだ。木村は妙なことで社会貢献ができたと思った。

15

人と人との出会いと別れなんて全く予想もできないものだ。木村がまだ小さいとき、近所に大塚隆志君という友だちがいた。よく公園でいっしょに遊んだり、同じ幼稚園にも通った。二人はお互いに「修ちゃん」、「隆ちゃん」と呼び合う仲だった。その二人が小学校に入ろうとするとき、突然大塚君はお父さんの転勤で引越してしまった。木村は、大塚君と同じ小学校に入って、いっしょに勉強したり遊んだりできるものと思っていたので、仲のいい友達が急にいなくなってすごく悲しかった。まもなく別の友だちができたけれども、どうも大塚君みたいなわけにはいかなかった。木村は、小学校で習いたてのひらがなだけの手紙をお母さんに手伝ってもらいながら書いて、何度か出した。大塚君からも手紙がきた。でも、お互いに手紙の間隔が長くなっていき、二年生になってからはやり取りはなくなってしまった。木村は大塚君のことを忘れたわけではないけれど、新学年で新しい友だちができたのだ。

そうして、小学校の四年を終えた春休みのある日、大塚君のお母さんが大塚君を連れて木村の家に挨拶に来た。お父さんがまた転勤でこちらに戻ってきた、ということだった。木村は、あまりにも突然で戸惑ってしまったのだが、仲のよかった友だちが帰ってきてうれしくも思った。でも、五年生のときは別々のクラスだったので、前みたいに公園でいっしょに遊んだりというようなこともあまりなかった。それが、六年生になって同じクラスになり、また一番の友だちになった。このときには、以前の「修ちゃん」、「隆ちゃん」が「修君」、「隆君」になっていた。

ふたりは総合的な学力は大差がなかったが、それぞれ得意科目がちがっていたので、お互いに勉強を教えあったりもした。そして、将来成りたいものなんかも話した。理科が得意だった木村は、「科学者か博物館で働きたいな」と言い、社会科が好きだった大塚君は、「日本中いろいろな所に行ける仕事がいい」なんて言っていた。

中学校に行ってもずっと友だちでいようと思っていた矢先、大塚君がまた引越してしまった。今度はお父さんの転勤ではないし、遠いところでもない。木村の家と大塚君の家は、隣の市との境から五分ぐらいのところにあった。それまで大塚君のうちはアパート住まいだったのだが、隣の市にある建売住宅を買ったのだ。大塚君の新しい家は木村の家からは歩いて十五分ぐらいだが、その間には厳然と市の境がある。大塚君は隣の市の中学に通わなければならない。ふたりはまたしても離ればなれにされてしまった。そういう事情で、ふたりはめったに会うこともなくなってしまい、中学の三年の間で、駅前の本屋とかそういうところで偶然に二、三回会ったことがあるだけだった。

木村は、中学に入ってからも決してさぼるようなことがないけれども、それほど一生懸命というわけでもなく勉強は程ほどに頑張っていたのだが、三年生になったとたん急に自覚を持つようになってよく勉強した。そのため、成績は少しずつ上がっていき、志望できる高校のレベルも上がった。そして、無事に第一志望の高校に合格することができた。

高校の入学式の日、自分と同じようなレベルの生徒たちを見ながら、希望と不安の中でこれからの高校生活を考えていると、木村の名前を呼ぶ者がいる。

「おお、隆君！　君もこの高校に来たのか。また同じ学校になったね」

あの大塚隆志君である。小学校のときは同じような学力だったふたりだが、それでも別々の中学に行った三年間で大きく変わってしまうこともありうる。木村はこの高校に入るためにだいぶ頑張った。大塚君も同じように頑張ったにちがいない。

しかし、高校の三年間でふたりは同じクラスになることは一度もなかった。部活も違うし、公園で一緒に遊ぶという年令でもない。廊下などで会ったとき、お互いに「よお」とか「オス」とか言うだけの関係になってしまった。それでも、一度だけ木村が大塚君の応援に行ったことがある。大塚君は陸上部に入り千五百メートルの選手として活躍していた。ある日の日曜日に行われた県内の陸上競技会に出た大塚君の応援に行ったのだ。そのときの大塚君は決勝には残ったものの、上位には食い込めず十二着に終わったのだが、懸命に走っていた。そして、木村には「応援に来てくれてありがとう」と言っていた。

三年生になったとき、木村は大塚君と進路について話したことがある。

「おれは、小学校のときは科学者になりたいなんて言ってたけど、いろいろと考えて建築をやることにしたよ」

「そうか、建築か。おれは、そこまではっきりとは決めてないけど、経済学部か商学部に行って勉強しながら将来のことを決めていこうと思ってる」

これで、ふたりは完全に別々の道を進むことになる。

中堅の私大の経済学部に合格した大塚君は、家から通うには少し遠いので下宿することになった。だから、ふたりは高校を卒業してからは全く会うことがなくなってしまった。

＊

四十も過ぎると、どうも二十代や三十代のようなわけにはいかなくなる。ちょっと無理なことが続くと回復が遅くなってきた。まだ四十代だ。あと二十年以上働かなければならない。こんなことではいけない。なんとか、体力を増進しなければならない。増進とまでは行かなくても、せめて維持したい。木村はそんなふうに考えていた。

ではどうするか。ジョギングでもやるか。でも、たったひとりでやっていてもあまり長続きするとも思えない。周囲に同じような目的を持った人たちがいれば、なんとかやっていけるかもしれない。そう考えて、ネットでスポーツクラブを探してみた。いろいろな所がある。それぞれに特徴がありそうだ。そして、どういう利用の仕方をするかによって選ぶクラブが変わってくるだろう。平日の夜、仕事の帰りに利用できるか、それとも休みの日が主体になるか。木村は自分の仕事の具合を考えてみた。それほど多忙ではなく早めに帰れるときもあるが、忙しくなると毎日遅くなる。それでも、休日出勤はめったになくてだいたい休める。そういうところから、主に土日にクラブに行くことにして、家からあまり遠くないところを探した。

その中に、木村が普段乗り降りしている駅から二つめの駅で、そこは隣の市になるのだが、その駅から五分ぐらいのところにあるクラブを見つけた。パソコンの画面でひと通り資料を見る。まあまあ悪くなさそうだ。プランも、正会員から平日限定会員や昼間限定会員なんていうのもある。入会金や利用料金も出費には違いないが、それほど高額というわけでもない。それぐらいの投資はしてもいいと思った。しかし、実際にクラブを見もしないで決めるわけにいかないので、早速その週の土曜日に見学に行ってみた。受付に行って説明を聞いてから、トレーニングルームを案内してもらった。年令もバラエティに富んでいる。若い人から年配の人もけっこう多い。女性も少なくない。まあ良さそうだなと思い、入会のための必要な資料をもらって帰った。

よく考えて、それから二週間後の土曜日に入会申し込みに行った。書類上の手続きをしてから、クラブ全体の案内をしてもらいながら説明を聞く。だいたい飲み込めたところで、

「どうしますか、今日からトレーニングやっていきますか」

「いや、今日は申し込みだけにして次回からにします」

木村の性格からして、申し込みとトレーニングは別のものであり、それを連続させるのはちょっと気が進まない。その日は、受付のあるエントランスルームに隣接した椅子やテーブルが置いてある休憩コーナーで、缶コーヒーを飲みながらゆっくりした。そこからは、ガラス越しにトレーニングルームが見える。みんなの様子を見ながら、

「よし、次回から頑張るぞ」


次の週の土曜日、いつも土曜日だが、日曜日はできるだけ家でのんびりしたいから土曜日なのだが、初めてのトレーニングに向かった。受付でカードを出すと、「今日が初めてですね」と言われ、インストラクターを付けてくれた。二十代後半ぐらいの男性である。

早速、トレーニングを開始する。いろいろな器具を説明を受けながらやってみる。なにしろ初めてなので、どれもきつい。ある器具では、木村の前にやっていた人はおもりを十

個ぐらいつけていた。インストラクターに「初めは三個ぐらいにしましょう」と言われてやってみたが、それでも容易ではない。普段使っていない筋肉を使うのだから無理もない。もっとも、少しきついくらいじゃないとトレーニングにはならない。適度に休みながらひと通りのマシンを経験してみた。時計を見ると小一時間経っている。「オーバーワークにならないように、今日は適当なところで切り上げてください」と言われ、一回目はこれくらいにしておこうと思った。

シャワーを浴び着替えてから、このまえのようにエントランス横の休憩コーナーでまたしても缶コーヒーを飲みながら一服していると、大きな表示板に会員の名前を載せているのが目についた。それは、トレーニング回数の多い会員を表示しているものだった。見ると、表示板の一番上のところに千回以上の会員が一人いる。千回といえば、週二回の割合でコンスタントに来ても十年ぐらいかかる回数だ。このクラブが出来てから八年ちょっとだから、もっと頻繁に来ていることになる。木村は、「千回とはすごいなあ」と思いながらその下の方を見ていくと、九百回以上と八百回以上の欄には名前がなく、七百回以上のところに三人ほどいる。そして、一番下の三百回以上のところにはざっと二十人ぐらいの名前がある。木村は、自分の名前がここに載ることがあるんだろうかと思いながらも、まあ回数が多ければそれだけで偉いというわけでもないからな、と思ってクラブを後にした。

それから週一回のペースでクラブに行きひと月以上が過ぎた。トレーニングにもだいぶ慣れて、器具に付けるおもりの個数も増えてきた。精神的にも余裕ができて、まわりの様子を見ながらやることができるようになった。そして、同じ人も何回か見かけるようになった。

トレーニングの成果が出たのか、最近からだが軽い気がする。よし、このペースでがんばっていこうと思っていたら、急にいろいろな用が重なって三週ほどクラブに行けなかった。用事を終わらせて、やっと四週間ぶりにトレーニングに向かった。そして、その前と同じペースでやろうとしたのだが、かなりしんどい。いったいどうしたんだろう、特に体調が悪いわけでもないのに。そのままがんばって続けていたら、疲労困憊してしまった。これは、四週間のブランクが大きかったということらしい。そういうときには、少し落としてやるべきだったのだ。決して無理をしてはいけない。こういうクラブで事故が絶対起こらないとは言えない。慣れてきたときが危ないし、油断してはならないのだ。

ロッカールームで着替えてから、そこに置いてあるベンチでしばらく横になっていた。

「だいじょうぶですか」なんて声をかけてくれる人もいたが、

「なんか、すごい疲れちゃって。少し休めば大丈夫です」

十分ほど横になって、少しうとうとしたけれど、やっと体が楽になってロッカールームを出た。そして用心のために、例のエントランス横の休憩コーナーで休んでいくことにした。このときは、いつもの缶コーヒーじゃなくてスポーツドリンクを買った。落ち着いたところで、ドリンクを飲みながらあの会員のトレーニング回数ごとの名前を載せた表示板を上から順番に見ていった。あくまでも名前から判断しただけだが、男性が、特に上位の方では圧倒的に多い。それでも、五百回以上のところに女性の名前が何人か見える。そして、四百回以上のところを見ていたとき、一人の名前に釘付けになった。「大塚隆志」とある。

「えっ、あの大塚かな。それとも、同じ名前の別人？」

そう思いながら、高校卒業以来ぜんぜん会っていないかつての友達のことを考えてみた。

大塚君はいまもこの辺りに住んでいるんだろうか。どんな仕事をしているんだろう。そんなことを考えながらも、高校のときには陸上部に入っていたくらいだから、トレーニング回数四百回以上のところに名前があってもおかしくない、と思った。

木村は、その次のときから大塚君らしき人物がいないかどうか気をつけて見ていたのだが、どうも見当たらない。もしかしたら、高校生のころとガラリと外見が変わってしまってわからないのではないかなどと思ってもみたが、木村自身はそれほど極端に変わってはいないはずなので、大塚君のほうで木村がわからないわけがないから、やっぱりふたりは同じ時間帯には来ていないのだろう。もっとも、「大塚隆志」なる人物がほんとうにあの大塚君かどうかまだ確認できていないけれども。

「今日は雨か」朝起きたとき、雨がざあざあ降っている。いつも土曜日にクラブに行くことにしているのだが、今日は大雨だ。クラブに行き始めてからこれまで、土曜日に雨が降ったことはほとんどない。二度ほど、帰りに小雨に会ったことがあるだけだ。「まあ、こんなときに行くのはやめておこう。あしたは良さそうだから、あしたにするか」そう思って、ちょっとした用事を片付けてから本などを読みながらゆっくりした。次の日曜日、雨はすっかり上がっている。うすぐもりだが、高い雲で雨の心配はなさそうだ。

日曜日にクラブに行くのは初めてだ。日曜日だからといって特に変わったところもないけれど。いつものように受付でカードを出して手続きをしていると、トレーニングルームの方から何人かの会員が出てくるのが視界に入ってきた。あまり気に留めなかったのだが、そのうちの一人がほかの人に「大塚さん」と言っている。木村は驚いてそっちを見た。

「大塚？」

「おー、木村！　すっごいひさしぶり。何年ぶりかな」

「高校出てから会ってないから、二十何年か振りだな。おれもこのクラブに入って三ヶ月ぐらいなんだけど、そこの表示板で『大塚隆志』っていう名前を見つけて、お前のことかなと思って気をつけて見てたんだけど、やっぱりそうだったのか」

話を聞くと、大塚は六年ぐらい前にクラブに入ってコンスタントにトレーニングを続けているということだった。多いときは週三回ぐらい来ることもあるそうだ。土曜日に来ることもあるけど、木村とは時間帯が違っていたので会えなかったようだ。そして、

「悪いけど、今日はみんなと行くところがあるんで時間がないんだけど、近いうちに連絡くれよ。おれの方からしてもいいけど」

と言って、お互いに携帯の番号を教え合って別れた。

木村はなんだかうれしくなった。子供のときに仲のいい友だちだったあの大塚とまた会うことができた。そして、さっそく、次の日木村から電話をしてみた。話はすぐにまとまり、その週の金曜日にいっしょにめしを食うことになった。

クラブに行くときに利用する駅からすぐのところにある料理自慢の居酒屋で待ち合わせた。木村が行くと、大塚は先に来て待っていた。適当に料理と飲み物を注文し、早速、再会を祝して乾杯した。

「しっかし、ああいうところで木村に会えるとはなあ」

「おれも、まったく思いがけなかったよ」

ふたりは高校を卒業してからのことをいろいろと話し合った。大塚は現役で大学に合格したが、木村はどうしても志望する大学に行きたくて一年浪人したので、社会に出たのは大塚の方が一年早かった。経済学部に入った大塚は、高校のときと同じように陸上部で活動していた。ただ、その陸上部のレベルはあまり高くなくて、卒業後、実業団に入るような選手はほとんどいないので、大塚も勉強の方を優先していた。そして、在学中にいくつかの資格も取って、東京に本社がある中堅の商社に入った。全国に支社や営業所があり、本社所属の経理部員として出張でいろいろなところを回っていた。子供のときに、「日本中いろいろな所に行ける仕事がいい」なんて言っていた希望をかなえることができたのだ。

ところが、三十歳を過ぎたころ、会社に暗雲がたち込めてきた。中堅商社から準大手の一角に食い込もうと画策した経営陣があらぬ方向へと業容を広げたのだ。初めはうまく行っていたが、それを追いかけ過ぎた結果、海外発の経済不安をきっかけに急激にくずれ始めてしまったのである。強引な不動産開発に失敗したのだ。なんとか立て直そうとしたが一向に改善せず、膨大な不良債権をかかえてしまった。そのうえ、一部の役員による不法行為も発覚して、会社は窮地に陥った。世間は、一部の役員だけじゃなくて会社ぐるみじゃないのか、と疑った。信用を失い、業績も急激に悪化した。

社員たちの懸命の努力で業績は改善していったものの、不良債権は全然減らない。それどころか、多額の利払いに苦しんでいた。長引く不況もあり、数年後、とうとう会社が立ち行かなくなってしまった。そして、大手商社に吸収合併されることになった。人員も整理される。木村は、このときのことをテレビのニュースなどでやっていたのをかすかに憶えているが、まさか、あの大塚がその会社の社員だとは知らないので、あまり関心を持たなかった。それにしても、経営の才覚や判断というものがいかに会社を左右してしまうかがわかる。

大塚は決めかねていた。新しい会社に移籍することは出来ても、数々の困難が待ち受けていることは予見できた。同僚たちのあいだでも、「旭川営業所に行けないか」と打診を受けた二日後に「高松営業所に行ってくれ」などと言われた者がいたり、他の者も同じようなことを言われているらしい。大塚にも話があった。「広島支社で営業をやってくれ」という。大塚は、「えっ」と思った。自分はこれまでずっと経理専門でやってきた。勤務をしながらやや難易度の高い経理の資格も取った。営業はまったく未経験だし、なによりも自分に営業の素養があるとは思えない。大塚は疑惑を持った。社員を簡単にクビにすることはできないので、自分から辞めるように仕向けているのではないか。そんなことを考えていると、今度は「福岡支社の総務課に欠員ができたから行く気はないか」などと言ってくる。大塚は、新しい会社に行っても将棋の捨て駒のように使われるに違いない、と思った。

進路変更の意志を固くした。しかしそうは言っても、直ちに当てがあるわけではない。ハローワークにも行ってみた。まだ若いからそれなりに仕事はあるが、条件や待遇はかなり悪化する。とても移れるような所はない。次の仕事はまだ決まらないけれども、会社には退職の意志を伝えなければならなくなった。それでも、事情が事情だから会社都合ということにしてもらった。そして、それからのあやふやな日々を送ったあと遂に会社を去る日がやってきた。

とうとう失業者になってしまった。失業手当をもらいながらも、真剣に職探しをした。ハローワークには一日おきぐらいに通った。異業種交流会とかセミナーにも参加してみた。それでも一向に先が見えない。ハローワークに貼ってあるいろいろなポスターが目に付く。「危険物管理者の資格を取って仕事を手に入れよう！」とか「ヘルパーの資格を取って福祉の仕事をやりませんか！」などとある。大塚は、自分の専門が生かせる仕事が見つかるんだろうか、と思いながらなんだか切なくなった。大塚と同じころに辞めた元同僚とも連絡を取ってみたが、なかなか思いどおりには行かないらしい。

辞めてから半年近くになる。これまでに五つの会社に応募してみたが、四社は面接まで行かなかった。もう一社は面接のとき大塚の力は認めてくれたが、どうも求める人材とは少し違っていたらしい。そのとき、大塚自身もミスマッチを感じていた。そして、やはり採用にはいたらなかった。大塚は、会社に残ってたとえ広島でも福岡でも行くべきだったんだろうか、と思った。広島支社の営業の仕事はともかくとして、福岡支社では事務の仕事だったのだからそこで頑張るという道もあったかもしれない、などとも思ってみた。

そんなふうに心が揺れ動いているある日、いつものようにハローワークで検索していると、ひとつの会社が目に留まった。「有馬食品」―自分が住んでいる県内に本拠地を持つ有馬グループの会社のひとつだ。仕事の内容は、「1．在庫管理、2．事務職」で、ともに経験者優遇となっている。事務職と言っても広いが、自分のこれまでの経験が役に立つかもしれない。ぜひ応募してみようと思った。だがまてよ。そう何回もやり損なうわけにはいかない。ここは周到に準備しなければならない。

そう思い直したとき、大学の陸上部の先輩を思い出した。その五年先輩の中本は、確か、「有馬なんとか」という会社に入社したように記憶している。大塚が大学に入ったときには中本はすでに卒業していたが、休日に行われる競技会にはよく顔を出してときどき後輩たちにアドバイスをしていた。そういう縁で、大塚と中本は今も年賀状のやり取りをしているが、卒業してから一度だけ「陸上部のＯＢ懇親会」で会ったことがある。そのときに名刺交換をしたはずだ。引出しの中から名刺入れの箱を取り出して一枚一枚調べていくと、中本の名刺が見つかった。「有馬商事、総務課」とある。

大塚は、「そうか、中本さんは有馬商事だったのか」と思った。自分と同じ商社だけれども、東京に本社のない会社だから以前はあまり意識していなかったのだ。自分がこれから応募しようとしている有馬食品と同じグループ会社で、そのうえ親会社的存在の会社である。大塚は、「ぜひ、中本さんに相談に乗ってもらおう」と考えた。

携帯の番号を知らなかったので、土曜日になってから年賀状に書いてある自宅の番号に電話してみた。

「おう、しばらくだなあ。ところで、君んとこの会社、たいへんそうじゃないか。どうしてるかと思って心配してたんだよ」

中本は、例の吸収合併の報道があったとき、名刺で大塚がそこの会社にいることを確認しておいたのだ。大塚は、その会社を辞めたこと、いま職探しをしていて、募集中の有馬食品に応募しようとしていることなどを告白した。すると、

「そうか、うーん…」と少し考える風をして、「ちょっと話を聞かせてもらおうか」

と中本の方から、相談に乗ってくれるということになった。

有馬食品の応募の方は急ぐ話だろうから、さっそく、次の日の日曜日に会ってくれるという。ありがたい先輩だ。次の日の午後、中本の家の最寄駅の近くにある喫茶店で待ち合

わせた。挨拶をし、時間を取ってもらったことに礼を言ってから、今までの経緯《いきさつ》を話した。中本は、ときどき頷きながらだまって聞いていたが、大塚の話が終わると、慎重な言い方で、自分のいる有馬商事ではいま経理社員が手薄になっていて優秀な人材を探しているらしい、ということを教えてくれた。近いうちに募集するのではないか、と言う。

「はっきりした事はわからないし言えないけど、経理の人間が足りないことは間違いないから、君にその気があるんだったら、総務部長に話してみてもいいよ」

と言ってくれた。課長代理の中本にどれだけの力があるのかわからないけれども、お願いすることにした。

大塚にしてみれば、先輩の中本に頼んだとはいえ、どれだけの成果があがるかわからない。だから、有馬食品の応募の準備も進めなければならない。応募書類を作りながら、食品業界のこともネットで調べてみた。

しかし、中本の動きは早かった。大塚の話を聞いた翌日の月曜日、週初めの仕事が一段落した午後に総務部長に話をして大塚を売り込んでくれた。話を聞いた総務部長は、直ぐにそのことを経理部長に伝えた。経理部長は、そういう人間がいるんだったらうちで活躍してもらいたい、と思った。しかし、会社としても人を採用するには慎重に運ばなければならない。初めから特定の人間に決めつけてしまうわけにはいかない。ここは公募をして、そこに応募してもらおうということになった。

早くもその週の木曜日に、中本から大塚に連絡があった。

「うちの有馬商事で経理社員を募集することに決まったよ。経理部長も君に興味を持ったみたいで、どうだ、応募してみないか。有馬食品の方の締め切りも近いんだろ。両方とも応募するっていう手もあるだろうけど、今回のことは君の話をきっかけにして決まったようなものなんだから、有馬グループとしてはそういうことは勧められないな。絶対にうちで採用されるという保証はないけど、どうするかは君の決断しだいだ」

大塚は瞬間的に考えた。有馬食品の募集は「事務職」とあるだけで経理専門というわけではない。もし採用されても、いろいろな事をやらなければならないだろう。それはそれで頑張らなければならないが、その点、有馬商事では大塚を経理の専門職として認めてくれている。よしっ、と思った。

「ありがとうございます。有馬商事さん一本で応募します。どうぞ、よろしくお願いします」

「そうするか。おれも君のことを過大に売り込んだようなところもあるから、会社に失望させないように十分に用意してくれ」

そう言われて、自己ＰＲの文章や面接のときの話し方などを入念に準備した。そして、他の応募者に有力なライバルがいなかったことと、大塚が期待通りの人材であることが認められて、有馬商事に採用が決まった。

大塚は、前の会社よりも規模は小さいがいい会社に入れたと思った。経理部にいて会社の財務状況を知る立場だから、そのことがよくわかる。社員も前の会社にいたような殺気立った顔をしている者はほとんどいない。物事を堅実にそして着実に進めていくということが社員に浸透している。

大塚は木村にこれまでの全てを話したわけではないが、その困難さが伝わってきた。

「大塚もたいへんだったんだな。おれも転職組だけど、べつに会社がおかしくなって転職したわけじゃないから、そんなに苦労はしなかったけどな」

「まあな、いい経験をしたよ。それで、入社して半年ぐらい経って慣れてきたところで、今のスポーツクラブに入ったんだよ」

これが、木村と大塚の再会のいきさつである。そして、このことが後々住建興業に利益をもたらすことにもなるのである。

16

依然としてくもり空である。この数年、経済も社会もそして国全体も停滞してしまっている。住建興業も赤字続きである。今のところ、赤字額はそれほど大きくはないので経営が困難になるほどではないが、このまま欠損が続いていけばいずれ会社の存続にも関わってくるようになる。今のうちに手を打たなければならない。経営手腕の見せどころであるし、社員もがんばりどころである。だいたい、景気のいいときにはだれがやったってまあまあ黒字にはなる。そういうときに赤字を出すようでは、経営者も社員も存在価値がない。真価を問われるのは、苦しいときである。自分たちの会社は自分たちでなんとかするという気概や覚悟がいる。業績の悪いのを、国や社会のせいにしても仕方がない。

住建興業が最初に手を着けたのは、赤字支店の閉鎖である。三年以上続けて赤字で黒字化の見込みが立たない支店が、まっ先に対象になった。経営者としては安易な方法で無責任だという意見がある一方、頑張って黒字にしている支店も少なくないのだから、赤字支店はその支店の責任だろうという主張もわかる。つらいところだ。

支店を閉鎖したという理由だけで社員を辞めさせるわけにはいかないから、適当な支店に転勤ということになる。しかし、いろいろな事情があって行けない者もいる。そういう者は退職せざるをえない。自らの支店を存続できなかったうえに転勤できないのだから、気の毒だけれども仕方がない。その人は、地元で別の仕事を見つけることができるんだろうか。あるいは、不慣れな全く別の職に就くかもしれない。

天候が不順だった秋が過ぎ、今年の冬はさらに寒い。地球温暖化と言ったたって、冬が暖かくなるわけじゃない。去年の夏は猛烈に暑かったのに、冬もこれじゃやりきれない。東京近辺の暑さ寒さもなまやさしくなくなってきたのだろうか。この数年、町行く人たちを見ても、黒あるいは黒っぽいコートを着ている人が八割方で、たまにベージュのコートでも着ていると目立つくらいだ。木村自身も気がつくと、黒のコートに黒のマフラー、バッグも黒、もちろん靴も黒、ズボンだって濃いグレーで、全身黒づくめで歩いているようなものだ。いくら冬の季節の色が「黒」だと言っても、ちょっと行き過ぎのような気がする。単なる流行か、あるいは今の社会全体を表しているのだろうか。もっとも、コートの色を変えただけで経済が好転するならば、こんな簡単なことはない。でも、気分の問題でちょっと試してみる価値はあるかな…。

住建興業も、かなり厳しい状況だ。またリストラを進めなければならないのか。それにしても、リストラと言えば「再構築」のはずなのに、単に支店を閉鎖し社員を減らすだけに終始しているこの会社に将来はあるんだろうかと考えてしまう。人を辞めさせることを、ずっと前は「首切り」と言っていた。しかし、さすがに首切りというのは不穏当な用語だろうということで、次に「合理化」と言った。それもうまくないということになって、今は「リストラ」になった。でも、言葉は変わってもやっていることは同じようなことだ。

明るい兆しもなく、三月いっぱいで三つの支店をなくすことに決まった。関東地方では、宇都宮支店を閉じて高崎支店に統合する。栃木県にある支店を群馬県にある支店に統合するなんて無理矢理だと思うのだが、単に支店の廃止という形にしたくないという会社の思惑が見えてくる。

宇都宮支店の社員は、高崎支店のほかに仙台支店や東京支店などに転勤になる。しかし、家庭を持っている二人の女性社員は辞めてしまう。パートの仕事でも探すと言っているそうだ。そして、本社の技術部には川野という社員がやってくる。木村は、社員研修などで川野を見かけたことはあるはずだが、どんな人間かよくは知らない。課長に聞いた話だと、ちょっと変わったやつだけど仕事はよくできる人間だということだった。でも、そういう社員がいても支店はうまくいかなかった、ということだ。

木村が入社したころの住建興業は、景気回復期だったこともあってまだ発展性があった。事実、新たな支店の開設もいくつかあった。ところが、木村が主任になって一、二年経ったころからは、景気も低迷し小幅な黒字と赤字をくり返すようになり、なんとかギリギリでやっている「ギリギリトントン企業」になっていた。それでもまだ大幅な赤字を出すようなことはなかったので、特別に業績の悪い支店を年にひとつぐらい閉める程度で済んでいた。それも、三年前ぐらいからはそうもいかなくなってきた。企業にとって支店の数が減っていくというのは、寂しいかぎりだ。寂しいだけで済ませる問題ではないんだが。

住建興業は昭和三十五年の創業である。当時は住宅メーカーなんていくつもなかった。そもそも、家というものは大工や工務店に直接注文して建てるものだった。それが、創業まもなく高度経済成長の勢いにも乗って、社業は急速に拡大していった。それから十四、五年の間は業績もたいへん良かった。そのころに入社し今はすでに定年退職した先輩が、木村に言ったことがある。

「おれが新入社員のころは会社も羽振りが良くて、たいした仕事もしてないのにこんなに給料もらっていいのかな、なんて思ったよ」

それを聞いて、木村はどこの会社のことかと思った。

「ほんとですかそれ。なんだか信じられない話だなぁ」

木村が入社してからの住建興業では、景気のいい話はほとんど聞かれなかった。そして、近年は支店の閉鎖があい継ぐし、給料も少しずつだが手取りが下がる一方だ。係長になってせっかく給料が上がったと思ったら、また次の年から少しずつ下がっていく。なんだかだまされているような気がしてくる。

世間を見れば、住宅や建設関係だけじゃなくていろいろな業種で倒産という話が聞こえてくる。そのうえ、二年前に住建興業を辞めて他の会社に転職した者がいたが、最近その会社がつぶれてしまったという話を課長から聞いた。木村は、苦しくてもこの会社でがんばっていくしかないのかな、と思わざるをえなかった。入社当時から知っているある先輩も言っていた。

「住建興業も将来どうなるかわからないけど、おれは途中で辞めたりしないで最後までつきあうよ」


役員に対して住宅メーカーの経営者としての資質を疑う声が社員の多くから上がってくる中で、会社は新しい施策を打ち出した。新商品の開発と顧客の開拓だ。これには社運がかかっている。

住建興業で全国展開できるのは、戸建住宅だけである。賃貸マンションなどの集合住宅や老人ホームなどの福祉施設は受注金額がそれなりに大きいものの、大都市圏の中核的な支店に限られる。そして、これらの支店ではまあまあ黒字を確保できている。その一方、地方の支店では戸建住宅が主力商品であるが、去年は三分の二以上の支店が赤字であった。ここをアップしなければ将来はない。

そこで、戸建住宅を全面的に再構成することにして、プロジェクトチームが作られた。省エネルギーや防音などの技術的なこと、間取りや外観などのデザイン、いろいろな住まい方の提案など、考えられる全ての項目をやり直すことになった。技術的な部分は、これまでに技術部の中でかなり蓄積していて、秋山や佐々木の得意分野である。デザインには、統廃合により閉鎖した宇都宮支店から転勤してきた川野が加わることになった。

住建興業では毎年、技術社員を対象にして設計デザインの社内コンクールが行われている。普段デザインの設計を行っていない木村は参加したことがないが、日常的に住宅の設計をやっている全国の支店の技術社員からは多くの応募がある。毎年、最優秀賞一点、優秀賞五点前後、佳作五点前後が決められるのだが、川野は最優秀賞こそないが、優秀賞や佳作の常連であった。そこを評価されて本社技術部に転勤となったのだ。

プロジェクトチームでは、全員で多様な家族のあり方から議論を始めた。住まい方によって住宅も大きく変わってくる。川野を含めた三人のデザインチームはスケッチを何百枚も描いた。秋山と佐々木は技術的な面を全面的に見直した。そうして、住建興業の技術力を結集して三ヶ月ほどで新商品が出来上がった。

次は顧客の獲得である。どんなにすばらしい商品を作っても、顧客に支持されなければ売上げにはならない。だが、これまでになんのつながりもない新規の顧客を獲得するのは、かなり難しいことでもある。それにも力を入れなければならないが、住建興業にはこれまでに何十万棟という実績があり、それだけの顧客がいたということになる。その中には、満足して喜んでいる顧客も少なからずいるはずだ。そういう人たちに新しい顧客を紹介してもらうためのキャンペーンをすることになった。他にも、社員や家族の友人・知人なども紹介してもらう一大キャンペーンだ。そうして、顧客獲得は新規顧客と紹介顧客の二本立てで行くことに決まった。

全社あげての受注活動が開始されたが、とても厳しい。問い合わせや相談はそこそこあるものの、契約にはなかなかつながっていかない。住建興業は老舗企業ではあるものの、昨今は競争相手が多く知名度も高くはない。社名も古臭くて、社名変更の話が再燃している。もっとスマートな社名にしてほしい、と。しかし、今回もすばらしい社名が見つからないためそのままになったが、広告宣伝には力を入れることにした。それぞれの地方ごとに新聞広告を何回か出し、一部地域ではテレビコマーシャルも出した。とにかく、お客様に知ってもらわなくてはならない。そして、そのことが功を奏して、徐々に新規の顧客を獲得できるようになってきた。

支店によっては優秀な設計者がいるし、工事を行う下請けの工務店や建設会社にも腕のいい大工や職人がいて立派な家を建てているところがいくつかある。そういう支店の顧客は満足度が高くて、新しい顧客を紹介してもらいやすい。いい仕事をすれば次の受注につながるということだ。そして、支店によってかなり差があるものの、キャンペーンの効果もあって紹介の顧客もだいぶ増えてきた。

木村もどんなに細いつながりでも手がかりにしようと思い、お客様を紹介してもらえるよう思いつく限りの友人や知人に頼んでおいた。しかし、何の反応もない。そんなに簡単にはいかない。だから、なにか自分にできることを考えてみた。受注活動に貢献できないならば、せめて経費を削減するために外注費を減らそうと思い、普段協力事務所に外注している構造設計を一件でもいいから自分でやることにした。構造設計は、建物の規模や設計期間にもよるが、数人で手分けしてやることが多い。しかし、住建興業で構造設計ができるのは木村ひとりである。ここは頑張って一人でまとめなければならない。

そして、その日から遅くまで残業し休日出勤もして、数ヶ月後なんとか完成させることができた。とてもハードであり、木村は著しく疲労を感じた。

「ここんとこ、忙しかったからなあ」

どうも、胃のあたりが不快だ。軽いはき気もする。たまにある事だが、また胃が弱ってきたみたいだ。木村は、病院でもらっておいた薬をいつも持ち歩いている。決して重大な病気というわけではないが、多忙で疲れたりするとすぐに胃に来てしまう。薬を少し続けていると良くなるのだが、どうもこの薬が手放せない。給湯室に行って薬を飲もうとしていると、そこに秋山が入ってきて、

「お、どうしたんだよ。風邪でもひいたのか」と聞く。

「いや、そうじゃない。胃の薬だよ」

「胃が悪いのか」

「まあ、大丈夫だよ。おれ、胃酸が多くて、そのうえ胃の入口のところが少しゆるめらしいんだ。だから、疲れると胃酸が作用して少し気持ち悪くなったりするんだよ。でも、この薬を飲んでると良くなるから」

「あ、そう。木村は胃が弱いのか。気をつけろよ」

「うん。おれ、イサンが多いんだよ。…ザイサンは少ないんだけどな」

「アハハ、財産は少ないか。そりゃ困ったな」

こんな話もできるようになってきたのだから、会社にも少し明るさが見えてきたのかもしれない。

木村がこうやって頑張っているときに、木村のために懸命に動いてくれた者がいた。幼なじみの大塚隆志である。苦労したすえ中堅商社の有馬商事に入社した大塚は、すでに何年か経過し欠くことのできない社員となっていた。木村から頼まれたときに、大塚は社内中の知合いに声をかけてくれた。そのときには、家を新築しようという者はいなかったが、大塚を有馬商事に誘ってくれた先輩の中本の家ではリフォームを考えていた。中本の家は親が建てたもので築後四十年くらい経っていて、家自体はしっかりしているものの、内外装などはかなり古くなっていた。新築したときの工務店は後継者がいないためにすでに廃業していたので、どこに頼もうかと思っていた時に、大塚から住建興業のことを聞いて相談してみようかと思ったのである。

相談を受けた住建興業では、すぐに支店の担当者が中本の家に出向いた。話を聞くと、家全体を改装したいという意向だ。内外装をやり替えて、キッチンや浴室などの水廻りの設備も一新したいということだった。予算も比較的余裕があるので、担当者は家の構造体を調査して必要に応じた補強をするように提案した。そして、予備調査の結果、大掛かりな補強は必要ないと考えられ、予算内に納まるだろうと予測されたので、リフォームに合せて補強工事も一緒にやることになった。

工事が家全体に及んでそこに住んだまま工事を進めることは難しいので、中本の家族には近所にある賃貸マンションに仮住まいしてもらうことにした。工事が始まってすぐに構造体の正式な調査を行ってみると、予想した通り土台や柱などはしっかりしていて問題はない。そのため、構造体の補強は基礎コンクリートを補強することと、柱や梁などの接合部分の補強をすることぐらいで済んだ。そして、一部間取りを直したりしたので、完成まで四ヶ月ほどかかった。

見違えるほどの家が出来あがった。建替えたのではないかと思うほどだ。中本の家族はみんな満足して仮住まいを引き払った。大々的なリフォーム＋補強工事だったため、費用は千二百万円ほどかかったが、新築していればその二倍は軽く超えるだろうから、予算的にも満足の行くものだった。

それから三ヶ月ほど経って、紹介の連鎖が起こった。中本が有馬グループ企業の知人を紹介してくれたのである。戸建て住宅の新築のお客様である。とても有難い。予算はやや厳しかったけれども、なんとか纏まって契約することができた。

キャンペーン期間中であり、紹介してくれた人には受注金額に応じた謝礼が支払われる。木村の友人の大塚とその先輩の中本には、それぞれ何万円かの金券が贈られた。それを受け取った大塚は考えた。お客を直接紹介したのは自分であるが、間接的には木村も紹介者のようなものである。そこで、もらった金券を元手にして二人でめしを食いに行くことにした。木村は遠慮したのだが、大塚が「まあいいからいっしょに行こう」と勧めたのである。金額に余裕があるので、すこしうまい店に行こうということになった。二人とも普段安い店しか行かないから、店はネットで探した。

料理は旨かった。そして、自分たちの努力で受注につながったことを考えると、普段あまり酒を飲まない木村も、このときはいくらか酒がうまく感じた。

そうして、各支店の業績も回復し多くの支店で黒字となった。いくつかある赤字店も赤字幅が縮小し、もうひと頑張りというところまで来た。これを続けて行かなければならない。本当の真価が問われるのは、これからだ。

17

佐々木が辞めるという。――木村にとっては思いがけないことで、かなりの衝撃だった。折角、みんなが頑張って、一時危険な状態だった会社も持ち直し、なんとかやっていけそうな見込みが出てきたところだったのに、辞めるというのは一体どういうことだ、と思った。佐々木に聞いてみても、あまり詳しい話はしてくれない。

「田舎に帰って、向こうで仕事をしようと思って」

「田舎に帰るって…、親の世話をしなければならないとかってあるの」

「いや、今はまだそういう事情はないんだけど」

「じゃあなんで。おれたち三人とも課長補になったばかりなのに。会社だってなんとかなりそうじゃない。ずっとやってれば、三人とも課長にはなれると思うよ。だれか一人ぐらいは副部長ぐらいになれるんじゃないの。部長だって可能性がないことはないよ。それに、これからの住建興業を作っていくのはおれたちだよ」

「まあ、そうかもしれないけど…。おれもいろいろと考えることがあって。そのうち話をするから」

「そうか。じゃあ、近いうちに秋山と三人でめしでも食うか」

佐々木の真意は分かりかねるが、今はまだ話したくないというようなニュアンスである。あまり強要もできないから、機会を待つことにした。

技術部の中では、この三月末で、六十歳の定年時に役職も定年となり再雇用の一般社員として在籍していた前課長と女性社員一人そして佐々木の合計三人が退職することになった。部としても、一度に三人が辞めるというのはあまり例がないことだ。会社が持ち直したといっても、油断するとすぐに業績が悪化するから気を抜くことはできないし、年度末でもあり、木村も多忙な日々を送っているため、佐々木との約束はなかなかはたせない。そのうえ、秋山もこのところ外出や出張がちである。かろうじて、三月の最終週に計画された三人の送別会に出ることができた。

前課長は、日本の経済社会がまだ活力を維持しているときに入社した。だれもが普通にやってさえいれば、一年々々高い所に行けるような時代だった。住建興業も業績が順調で、給料も年々上がった。そして、ほとんどの人がそういうことがずっと続くものと思い込んでいた。しかし、みんながそう思ったときがピークなのかもしれない。それからは、数年サイクルで低迷期と回復期を繰り返すようになった。前課長も困難な時期を乗り切るためにかなりハードなこともやった。そのため、六十歳になる二年ほど前に体を損ない二ヶ月ぐらい休んだことがある。その後復帰して定年まで勤めることができたが、それからどうするかはずいぶんと迷ったようだ。その時点で退職し別の仕事をすることも考えたが、部長に引き留められて続けることにした。この前課長には特殊な分野でのノウハウがあり、会社としても必要な社員だった。会社に残り、その分野で他の社員を育てることを期待されたのだ。

そうして、定年後約三年間勤務したけれども、以前の病気が元になった持病があり、この一年ぐらいの間はときどき休むことがあった。直ちに生死に関わるような重大な病気ではないと言っても、フルタイムでの仕事はかなり厳しいようだった。ここはきちんと療養し体を治してから、少し楽な仕事を探したいと言っていた。それでも、ここまでなんとか来ることができたという思いと、将来に対する不安感が同居した顔をしている。口では、「しばらくは、失業保険でももらうよ」なんて、明るく振舞ってはいたけれども。

女性社員は、本当は辞めたくないのに会社の意図で辞めなければならなかったようで、涙を流していた。辞めること自体よりも、会社にとって必要のない人間だと思われたり、自分でもそうなのかなと考えたりすることの方がとてもやりきれない。

この女性が入社した時は、就職氷河期と言われたころでその最後のほうに当たっていた。そして、二十近くの会社に応募してやっと住建興業に採用されたのだった。就職活動中はずいぶんとつらい思いもした。セクハラに当たるような目にもあった。その後経済情勢も改善したから、もう少し後なら就職もいくらか楽だったかもしれない。だから、せっかく入った会社で仕事は丁寧にやっていこうと決めていた。木村の目から見ても、その人はいろいろなことをきちんとやっているように見えた。そういう社員を辞めさせなければならない会社の責任は重大だ、と思った。苦労して入った会社を、会社の一方的な都合で離れなければならないなんてあまりにも非情である。木村には、新しいいい道を探してほしいと願うことしかできなかった。

佐々木は、送別会の席上でも多くを語らなかった。他の者が、佐々木にこれからどうするのか聞いても、「少し休んでゆっくり考えるよ」などと言って、なんとなくお茶をにごしていた。わざと、その話題を避けるようにも見えた。それよりも、同じ退職者の前課長に話しかけて、体を気遣いながらも、どんな仕事をしたいと思っているのか熱心に聞いていた。この前課長は、佐々木が入社して初めて配属された横浜支店の先輩で、当時は係長だった。佐々木にとってはいい先輩で、いろいろなことをよく教えてくれた。佐々木が入社二年目のときに、担当している仕事上でトラブルがあったが、親身になって手伝ってくれたのもこの人だ。また、けっこう飲みにも誘われたし、たまには女の人がいる店にも連れて行ってもらった。女性といっしょに酒を飲み話をするだけの店だけれども。その当時のことを話題にしてときどき笑い声も聞こえていた。

そして、その三人は三月三十一日で会社を去っていった。


佐々木は、四月になってもまだ一週間ぐらいはこちらにいると言っていたので、木村の仕事が一段落したところで連絡を取ってみた。そして、秋山とも相談し、さっそく土曜日の昼に三人で会うことにした。場所は、佐々木がよく知っている、安い割にはなかなかうまいという店だ。佐々木はそういう店をいくつか知っているようだ。もっとも、木村も秋山も安い店しか知らないけれど。

新宿駅から横浜電鉄で四つめの駅で降り、そこから五分ほど歩いたところにその店はあった。佐々木はすでに来ていて、店の前で待っていた。送別会のときとはあきらかに違ったすっきりした表情をしている。ここ何年か見なかったような表情だ。まもなく秋山も来て店に入ったが、土曜日の昼ということでかなりすいている。ゆったりとしたテーブル席に座り、飲み物と料理を注文してすぐに運ばれてきたビールで乾杯というわけだが、まだ肌寒い時期でもあるし、木村にとっては少しほろ苦い。タイミングを見計らって、木村も知りたがっている事を秋山が聞く。

「田舎に帰って仕事をすると言ったって、向こうで建築の仕事なんかコンスタントにあるの？　いま、特に地方は厳しいんじゃないの」

　佐々木の田舎は岡山県の津坂市という所で、岡山駅からローカル線でだいぶ行った所だ。面積はかなり広いけれども人口という意味ではそれほど大きな市ではないしその周辺もそうなので、仕事がちゃんとあるのか木村も秋山も心配していたところだった。たしかに、住建興業の地方にある支店を辞めて地元の工務店に就職した秋山の知合いは、その工務店の仕事がヒマなときには親戚の農家の作業を手伝っていると言っていた。そういう意味合いも含めて聞いたのだが、すぐには佐々木の返事がないので、木村も続けて聞く。

「もう仕事は決まってるの？　…地元の建設会社とか工務店とか」

するど、やっと佐々木が口を開いて、

「実はおれ、建築の仕事はもう卒業するよ」

「えっ」即座に秋山が反応して、木村も言おうとしたことを先回りして聞く。

「建築をやめてどうするの？　どんなことやろうと思ってんの」

　佐々木の話は意外なものだった。


　佐々木の伯父が、津坂市の隣町にある湯之山温泉というところでホテルを経営している。湯之山温泉は、ホテルや旅館が五軒ほどの比較的小規模な温泉である。温泉の質そのものと新緑や紅葉などの自然を売りものにし、自然観察コースや健康コースなどのいくつかのハイキングコースを整備して客を呼んでいる。猥雑な観光施設などないことが、却って一定の支持を得ているらしい。また、町にある郷土資料館や津坂市の美術館なども観光客が見やすいようにアレンジしていて人気がある。この町立の郷土資料館は行政の他に湯之山温泉の経営者たちも協力して建てられたものである。佐々木の伯父のホテルは、その中でも上から二番目ぐらいの格であるが、伯父と女将である伯母の経営が優れていることもあって、固定客も多く、楽ではないがまあまあ健全な運営をしている。長男夫婦がすでに後を継ぐことに決まっているが、伯父と創業間もないころから長年いっしょにやってきた番頭が高齢を理由に引退をほのめかしているという。

佐々木は、子供のときこの伯父の所によく遊びに行った。従兄弟である伯父の長男は佐々木よりも三つ上で、いっしょになって野山を駆け回ったものだ。男の兄弟がいない佐々木にとっては、本当の兄のような存在だった。佐々木が東京の大学に入ってからも、夏休みなどに帰省すると伯父のホテルに行って温泉につかってくることもよくあった。しかし、大学を卒業して社会に出てからは、休みが多くは取れないこともあって足が遠ざかってしまったこともある。その後、家庭を持ち子供がある程度成長してからは、家族で訪ねることが多くなった。それは、佐々木と伯父の長男が兄弟づきあいをしていることもあるが、かみさんどうしが仲のいい中学・高校の先輩後輩という関係であることもその要因となっている。

佐々木は迷っていた。大学を出てから二十五年以上建築の仕事で頑張ってきたけれども、五・六年前からは会社も低迷が続いている。ここのところ、みんなの頑張りでいくらか明るいきざしが見えてきたとは言え、そのまま行けるかどうかはわからない。社員も最盛期から見ると半分ぐらいになってしまったし、支店の数もずいぶんと減った。辞めてしまった知合いも大分いる。スキルアップを求めて転職した者はほとんどなく、半分辞めざるをえない状況で辞めた者が大半だ。その中でもいくらか親しくしていた者に連絡をして、様子を聞いてみたこともある。やはり、新しい会社でもいろいろな意味で厳しいらしい。佐々木にしても、今から転職と言ったって、条件のいい所なんか見つかりそうもない。このまま住建興業にいるしかないのか。でも、定年になるまで会社が大丈夫だろうか。大丈夫だとしても、定年になって遊んでいられるような身分じゃないし、働けるうちはある程度仕事はしていたい。

去年の夏帰省し伯父のホテルに行ったとき、それまでとは全然違ったホテルの見方をした。みんながどんな働き方をしているか、お客さんとの関係はどうか、というようなことを注意深く見て来た。そして、従兄弟に向かって、

「おれも、こっちに帰ってきて仕事を見つけようと思って…。建築の仕事にこだわらないで、大変だとは思うけど温泉の仕事なんかもいいかな、なんて思ったりもして…」

冗談半分、本気半分で言ってみた。従兄弟は「ハハハ」なんて笑っていたけれど。

そして、この帰省を利用して、密かに津坂市のハローワークを覗いたり、中高年者仕事支援センターなどという所にも行ってみた。もちろん、こういう活動は相当の期間継続して行わなければ、なかなか成果が得られるものではない。ただ、何かのヒントがあればと思ったのであるが、むなしく東京に戻ることになったのである。

湯之山温泉の紅葉が終わるころ、佐々木に従兄弟から電話があった。

「この前来たとき言ってた話ね。本当にこっちに帰ってくる気があるの？」

「できればとは思ってるけど、何のあてもなしに帰るわけにもいかないし」

「みんなで相談したんだけど、よかったらうちのホテル手伝わないか。番頭さんももう年だし、将来の番頭候補ということで。給料はそんなに沢山は出せないけどね」

突然の話に一瞬戸惑ったけれども、即座に判断して、

「かみさんや子供たちと相談してみます。反対はしないと思うけど」

と言って電話を切った。従兄弟の話では、両親も高齢だし、いずれは自分たちにまかせて

くれる。そのときに向けて体制作りをしていきたい。佐々木には、番頭になるための修行をしてもらいたい、ということだった。

木村と秋山は、うなずきながら佐々木の話を聞いていた。

「番頭見習いから始めるよ」

「番頭見習いって言ったら、雑用係みたいなものじゃないの？」

「もちろん、その覚悟だよ。みんなに教えてもらって、できるだけ早く仕事に慣れるようにして」

佐々木が言うには、ホテルも小ぎれいにしてはいるが、かなり古いのでいろいろと直さなければいけない所も多い。また、何度か増改築をしているが、これからもそういう事がありそうだ。そのときには、これまでの建築の知識も役に立つ。

「あくまでも従兄弟夫婦を立てて、お客さんのために裏方に徹していくよ。これからはそういう人生だ」

「そうか、よく決断したな。奥さんは反対しなかったのか」

「かみさんは元々向こうの人間で、まだおれの両親もかみさんの両親もいることだし、賛成したよ」

大学生の息子は今度三年になる。これまでは家から通っていたけれども、学生寮に入ることになった。子供たちもいずれは独立していくことになるのだが、大学生の途中で別々の生活をすることになるとは考えていなかった。…ちょっとさびしい。

「あいつはおれと違ってよく勉強してるみたいで、給付型の奨学金も貰えることになったんだよ」

下の子は女の子で、中学三年になるので向こうの学校に転校して高校に入ることになる。

「まあ、おれの母校でも目指すのかな…。友達やお兄ちゃんと離れるのは悲しいなんて言ってたけど」

佐々木の家族は、みんな新しい生活をスタートする。

木村は、岡山県の位置と広がりを想像してみた。でも、木村にはあまりなじみがないので、瀬戸内海側の岡山市や倉敷市ぐらいしか浮かばない。内陸部にある津坂市とその周辺とはどんな所だろうと思った。

「湯之山温泉か。いつか行ってみようかな…」

と言って、ホテルの名前だけは聞いておいた。

それにしても、中途入社の三人がたまたま同じ年令で、長い間同じ職場でいっしょにやってこられたのは、かなり稀なことだろう。それが、これからは二人になってしまう。いつもに似ず、冗談も言わないでシンミリしている秋山が、突然、

「佐々木、おれさびしいよ」

「おれも、いま辞めるのは残念だけど。家族のことも考えると今しかないと思ってな」

「そうだよな。単に仕事だけのことじゃなくて、家族も大事だもんな」

「でも、どこにいても、三人ともしっかりやって行こう」

それを最後の言葉として店を出た。

乗り換え駅であるこの駅で、秋山は別の路線に乗った。佐々木と別れるとき、握手したその手をなかなか離さなかった。木村と佐々木は、同じ線であるが反対方向だ。そして、二人並んでホームに着くと、佐々木が乗る横浜方面の電車がまもなくやって来た。お互いに「元気でな！」と言って乗った佐々木の姿はすぐに見えなくなってしまった。佐々木に会うのもこれが最後かもしれない。いつかは湯之山温泉に行ってみようかと言ったのも、実現できるかどうかはわからない。

木村は、佐々木のことを考えていた。佐々木にはそういう世界があったんだ。いくら同志としてやってきても、お互いに知らない部分の方が多い。それに、それぞれの人生だ。でも、全く経験のない仕事でうまくやっていけるんだろうか。秋山はどうだろう。あいつは割と調子がいいから、他の仕事でもそこそこなしていけるかもしれない。

それじゃあ、自分はどうなんだろう…。高架になっているホームで電車を待ちながら漠然と将来の事を考えていると、うすぐもりの空の下、まだ冷たい早春の風が通り過ぎていった。

■著者プロフィール
伊東忠一（いとうちゅういち）
1952年 山形県生まれ
埼玉県在住
東京理科大学卒業
現職 建築設計
既刊 『重箱の弁当箱』（エッセイ集）新風舎

くもりのち風

2025年1月23日　初版第1刷発行

著　者　伊東忠一
発行所　ブイツーソリューション
〒466-0848 名古屋市昭和区長戸町 4-40
電話 052-799-7391　Fax 052-799-7984
発売元　星雲社（共同出版社・流通責任出版社）
〒112-0005 東京都文京区水道 1-3-30
電話 03-3868-3275　Fax 03-3868-6588
印刷所　モリモト印刷
ISBN 978-4-434-35285-0